O URSO

עמית

CLAIRE CAMERON

Tradução
Alexei Coelho

1ª edição

Rio de Janeiro | 2018

THE BEAR, copyright © 2014, by Line Painter Productions, Inc.

Publicado originalmente nos Estados Unidos por Little, Brown and Company, Nova York.

A edição brasileira é publicada mediante acordo com The Bukowski Agency, Ltd., Toronto, por meio do The Foreign Office em Barcelona.

Capa: Renan Araújo

Imagens de Capa: Juriah Mosin / shutterstock (Crianças); Miloje / shutterstock (Sangue e arranhões)

Texto revisado segundo o novo
Acordo Ortográfico da Língua Portuguesa

2018
Impresso no Brasil
Printed in Brazil

CIP-BRASIL. CATALOGAÇÃO NA PUBLICAÇÃO SINDICATO NACIONAL DOS EDITORES DE LIVROS, RJ	
C189u	Cameron, Claire, 1973– O urso / Claire Cameron; tradução de Alexei Coelho. – 1ª ed. – Rio de Janeiro: Bertrand Brasil, 2018. 256 p.; 21 cm. Tradução de: The bear ISBN 978-85-286-2236-2 1. Ficção canadense. I. Coelho, Alexei. II. Título.
17-46043	CDD: 819.13 CDU: 821.111(71)-3

Todos os direitos reservados. Não é permitida a reprodução total ou parcial desta obra, por quaisquer meios, sem a prévia autorização por escrito da Editora.

Direitos exclusivos de publicação em língua portuguesa somente para o Brasil adquiridos pela:
EDITORA BERTRAND BRASIL LTDA.
Rua Argentina, 171 – 2º andar – São Cristóvão
20921-380 – Rio de Janeiro – RJ
Tel.: (21) 2585-2000 – Fax: (21) 2585-2084

Atendimento e venda direta ao leitor:
mdireto@record.com.br ou (21) 2585-2002

Para Dave, Ben, Max, Keith

"Há uma terra dos vivos e uma terra dos mortos,
e a ponte é o amor, a única relíquia,
o único significado."

— *A ponte de San Luis Rey*,
Thornton Wilder

Nota da autora

Em outubro de 1991, Raymond Jakubauskas e Carola Frehe montaram sua barraca na Ilha Bates, no Lago Opeongo, localizado no Parque Algonquin, uma extensão de quase cinco mil metros quadrados de selva situada a mais de trezentos quilômetros a nordeste de Toronto. O casal planejara acampar no fim da semana e, quando não voltaram na segunda-feira, seus amigos chamaram a polícia. Os restos mortais parcialmente devorados de Jakubauskas e Frehe foram encontrados na quarta-feira. Um enorme urso-negro vigiava atentamente suas vítimas.

Ambos haviam morrido devido a fraturas no pescoço causadas por golpes na cabeça. Até onde os eventos puderam ser reconstituídos, presume-se que o casal tenha chegado à ilha, montado o acampamento e estivesse preparando uma refeição quando o ataque aconteceu. Frehe provavelmente foi a primeira a ser atacada. Jakubauskas parece ter tentado espantar o urso com um remo, pois os restos de um foram encontrados no local do acampamento, e o urso, apontado mais tarde como o responsável pela tragédia, apresentava longas contusões pelo corpo.

Em um artigo sobre o ocorrido publicado no livro *The Best of Raven*, o naturalista de parques Dan Strickland rememora telefonemas recebidos após o ataque. Muitos queriam entender por que aquilo tinha acontecido. Strickland diz que o urso não apresentava sinais de doença ou outras condições que pudessem levá-lo a atacar seres humanos. Menstruação, frequentemente apontada como fator causador de interesse de ursas por pessoas, não foi a causa. Outras questões levantadas nos telefonemas diziam respeito à atração do animal por comida. Apesar de o casal estar cozinhando no momento do ataque, uma bandeja intocada de carne moída foi encontrada no acampamento cinco dias depois. A refeição que preparavam, portanto, não foi o atrativo principal.

Por que o ataque aconteceu? Em ocasiões muito raras, um urso-negro pode atacar humanos — nesses casos, o predador é geralmente um urso selvagem, não um "vira-lata", desses que exploram parques e têm familiaridade com pessoas. Jakubauskas e Frehe não cometeram nenhum erro ao montar o acampamento, nem fizeram nada de imprudente durante sua estada no local. Como o urso era um animal grande, com cerca de cento e quarenta quilos, é difícil afirmar se eles poderiam ter resistido mais bravamente.

Não há motivo claro para o ocorrido além de um urso esfomeado disposto a experimentar uma nova fonte de alimento. O que mais assusta nessa explicação é a ideia de que não houve culpados: nem as pessoas, nem o urso. Identificar culpa nos conforta, pois é uma maneira de isolar as circunstâncias de uma tragédia da nossa própria situação, garantindo que o ocorrido com essas pessoas não se repita conosco. Neste caso, entretanto, não houve razão para o ataque além de predação. O casal simplesmente estava no lugar errado, na hora errada.

No verão de 1991 e 1992, trabalhei em um acampamento no parque Algonquin, guiando grupos de adolescentes em viagens de canoa com a duração de sete a quatorze dias. Após o ataque, ouvi muitas histórias e teorias sobre o que acontecera na Ilha Bates — sussurros ao redor de uma fogueira, jovens buscando a consolação do controle, o conforto de uma história.

O urso se baseia nas minhas memórias e na pesquisa a respeito desse ataque. As crianças, eu acrescentei.

— C.C.

Parte 1

*Ilha Bates, Lago Opeongo,
Parque Algonquin, 1991*

1.

Consigo ouvir o ar entrando e saindo do nariz do meu irmão. Eu estou acordada. Ele tem 2 anos, quase 3, e me irrita direto porque eu tenho 5 anos e logo vou fazer 6, mas dormir ao lado dele é quente. Eu chamo ele de Grude. Ele sempre dorme antes de mim, e eu fico ouvindo o ar no seu nariz. Dá pra escutar a voz dos meus pais. Estão bem longe, sussurrando porque acham que não consigo ouvir. Faço um barulho pra mamãe perceber que estou acordada e ela diz "Estamos aqui", de muito longe. Então faço mais barulho, e o zíper da barraca se abre. Posso ver o céu pela abertura. A mão fria da mamãe bagunça meus cabelos e os dedos dela tocam meu rosto.

— Shh, Anna — diz mamãe, e o céu some atrás do zíper. Quando estou dentro da barraca, lá fora é sempre longe demais.

A barraca é azul e tem cheiro de poeira. Meus pais fizeram uma fogueira porque é fim de verão, e eles estão cozinhando alguma coisa sem dividir comigo. Bacon. Adoro bacon. Minha barriga dá uma cambalhota e eu quero bacon, mas isso deixaria papai zangado. Fungo na ursa de pelúcia Gwen em vez disso. Ela é marrom e tem o nosso cheiro. Ouço o ar assoviar quando sai do nariz do Grude. Estou nervosa e não sei por quê. Vai escurecer logo. Pode ser que tenha sido a carne que deixou minha barriga assim. Quando ainda estávamos no chalé, o Grude ficava mastigando bacon e enfiando mais na boca, e mais e mais. Na hora que mamãe viu, ela disse "Mastigue a comida", mas o Grude não conseguia porque estava com a boca cheia. Ele começou a ficar vermelho e seus olhos ficaram cheios d'água. Achei que estivesse chorando. Eu disse: "Ha-ha, o Alex tá chorando", e mamãe veio e deu um murro nas costas dele. Uma bola de bacon saiu voando pela boca. Então ela deu uma bela bronca no Grude por não mastigar a comida e eu olhei pra carne. Tinha baba nela toda. Na hora eu quis vomitar. Não comi a bola de bacon, mas agora ela está fazendo minha barriga dar cambalhotas.

O ar está gelado. Rolo mais pra perto do Grude. Sua respiração entra no meu ouvido e é quente. Um pedaço da luz da fogueira está dançando na parede da barraca, mas só um pouco, porque ainda não está escuro. Não tem música nenhuma além do ar do nariz do Grude, mas mesmo assim a luz se revira e rola na parede da barraca. Não consigo dormir. Enfio Gwen debaixo das cobertas pra ela não sentir frio e rastejo até a porta. O zíper tem dentes que podem agarrar minha pele. Vou devagar pra não ser mordida e abro só um pouquinho até conseguir botar minha cabeça pra fora. O carpete aqui é feito de agulhas de pinheiro. Elas têm o cheiro do frasco amarelo que eu uso pra ajudar mamãe a lavar a banheira. Tem pinheiros no acampamento todo. São eles que esqueceram as agulhas no chão. A lua vai trocar de lugar com o sol e ter uma cauda que aparece na água, que não está mais fazendo chop-chop-chop. Agora a água fica quietinha no lago, porque está dormindo. Perto dela, bem longe de mim, consigo ver duas sombras. Posso ouvir pelos sussurros que são mamãe e papai, e eles estão rindo. Mamãe se inclina pra frente e vejo um rabo de cavalo nos cabelos dela. Está sorrindo e enxergo os dentes dela em uma boa luz. A única outra coisa que vejo é o Coleman.

O Coleman é verde como a grama e é tão pesado que não consigo levantar ele. A gente traz ele em viagens de canoa pra carregar nossa comida e manter ela gelada, e também pros ursos não conseguirem roubar o que tem lá dentro. Eles pegam nossa comida se a gente deixar, e a gente não quer isso, então o Coleman mantém tudo gelado dentro do próprio corpo. Ele também tem dentes de metal na frente que o deixam bem fechado. O Coleman é bem grande, uma caixa de metal. Eu e o Grude cabemos ao mesmo tempo lá dentro, quando brincamos de esconde-esconde em casa. Podemos ficar bem quietos escondidos do papai, tentando não rir, com a minha mão na boca do Grude. Quando o Coleman fica na canoa, não dá pra deixar ele de lado, então papai precisa colocar ele apontando pra frente. Só o papai consegue levantar o peso. Quando o Coleman tem que fazer xixi, tem um pequeno botão na lateral que posso apertar pro xixi sair, e quando eu vejo isso de vez em quando também faço xixi. O Coleman é o motivo de a gente acampar na ilha, já que ele é muito grande e pesado. A água fazia chop-chop-chop porque o vento estava rugindo nas minhas orelhas e o Coleman fazia a canoa inclinar. Se a gente fosse pela trilha até o próximo lago, onde devia ter acampado, então papai teria que carregar o Coleman e a canoa, mas mamãe queria ficar aqui na ilha pra ver a cauda da lua. Uma vez tentei levantar o Coleman e não consegui.

Sussurro um oi pro Coleman e a cabeça de papai se vira da fogueira.

— Já de volta pra barraca, Anna.

Fico parada no lugar pra me fazer sonhar.

— Você me ouviu?
Eu estou acordada.
— Última vez, hein?
— Sim, papai.
— Bons sonhos.
Coloco a cabeça pra dentro. Gwen sentiu minha falta. Ela parece solitária, e digo com os olhos que estou chegando. Com cuidado, pego o zíper nos dedos. Eles estão formigando nas pontas, muito cansados pra puxar. O zíper vai morder se eu não prestar atenção. Eu puxo de novo, e o zíper tenta me pegar entre o polegar e o indicador, a parte macia da pele que serviria bem num sapo. Caio sentada e puxo minha mão de volta. O zíper deve estar com fome, então vou ficar bem longe. Pego Gwen, sinto o cheiro da pelúcia e boto ela de volta no saco de dormir.

Deito de barriga pra cima e me aconchego, e a luz do fogo agora dança com mais força na parede da barraca, porque está mais azul e cinza lá fora. Assisto à dança, e meus olhos começam a fechar, mas eu não quero isso. Talvez se o Grude estiver dormindo, mamãe venha me tirar da cama e me dar bacon. Eu quero pedir isso em voz alta, mas meus dentes estão formigando. Minha cabeça está pesada como uma pedra. Meus olhos fecham de novo e eu abro eles com os dedos. Ouço alguém fungando. Pode ter sido o Grude, mas pelo som parece maior que ele. Então vejo algo felpudo perto do fogo dançante e penso que deve ser o cabelo do Grude. Ele escapou. Deve ser sua cabecinha branca se esgueirando em busca de bacon. Alguns cabelos felpudos estão fazendo sombra fora da barraca. Mas o nariz assovia do meu lado, então agora eu sei que não é o Grude, e quando o cabelo lá fora se levanta penso que parece mais grosso. Ele fica lá tremendo, que nem meus dedos quando eu fico com fome. Continuo a olhar, e vejo ele indo pra frente, mas só um pouquinho, lerdo como uma lesma. Mas teria que ser uma lesma cabeluda e muito grande, então provavelmente não é mais uma lesma. O bacon está cheiroso, e minhas pálpebras caem, e agora só consigo abrir meus olhos um pouquinho. Vejo o cabelo se mexer e enquanto meus olhos se fecham eu penso como o Grude conseguiu continuar dormindo e sair pra pegar bacon ao mesmo tempo?

2.

Ouço mamãe gritar e continuo com os olhos fechados. Sonhos não são reais. Sei disso porque minha mãe não grita. Ela tem uma voz suave, parecida com um lírio que tem o mesmo gosto dos biscoitos de Natal antes de colocar o confeito. A gente fez biscoitos, e me deixaram usar a forma pra fazer um anjinho. As asas quebraram no forno, e quando a gente tentou de novo saiu um anjo perfeito, com asas e tudo. O Grude queria comer ele antes da mamãe colocar o confeito. Ele chorou, porque não aguentava esperar o confeito e achava que a gente estava só tirando o biscoito dele. Mamãe acabou dando o biscoito e o Grude comeu de uma vez só. Eu preferi colocar glacê no meu, glacê vermelho e verde, com confeito, e o biscoito ficou brilhando como o sol quando eu erguia ele pro alto. Parei na hora e quis guardar pra mostrar pro papai, talvez colocar ele numa chapa e deixar de enfeite. Mas o Grude começou a chorar. Queria o meu biscoito. Mamãe disse que não. O Grude chorou mais. Ele adora biscoito.

Mamãe não grita sobre os biscoitos e não grita quando derramo cola no tapete, mesmo quando é cola nova e eu acabando com ela toda. Mamãe diz que só vai gritar se eu estiver pra ser atingida por um ônibus. Diz que as pessoas gritam de vez em quando porque as coisas estão difíceis, mas que se você aguentar as dificuldades pode ficar bem forte. E agora ela está gritando. Abro meus olhos pra ver se tem um ônibus vindo. Vou saltar pra fora do caminho como um super-herói, talvez um com uma capa, mas talvez não. Tudo que vejo é azul, e estou deitada de lado, então é difícil saltar. O mundo inteiro está azul e se mexendo. Dou um abraço em Gwen e olho pro que se mexe. É a barraca. Mexe, mexe, mexe — então estoura e ruge que nem um dragão. Melhor fechar meus olhos pra não ser tão assustador.

Penso na minha casa em Toronto, porque queria estar lá. Gosto da floresta também: as agulhas dos pinheiros têm gosto de chiclete ardido, e eu posso escalar as pedras. Sei nadar como um cachorro, chutando bem forte. E gosto de ir até o parque perto do nosso chalé em uma canoa, com marshmallow e biscoito de sal e o chocolate que a gente amassa junto e que o Grude acaba lambuzando todo no cabelo e nas mãos. Ele é Grude porque está sempre com as mãos grudentas. Antigamente era mais, e toda vez que ele me tocava no braço a mão dele grudava em mim. O nome pegou.

Nesse momento, gosto mais da nossa casa de Toronto. Ela é de tijolos, alta e fina. Minha amiga Jessica diz que a dela é maior. A cozinha fica quase no quintal, onde tem uma árvore que é da minha idade. A gente vai crescendo todo ano, mas a árvore tem mais folhas e é bem mais alta hoje em dia. Eu só quero acompanhar o ritmo. E na cozinha tem um balcão longo, onde eu sento pra fazer biscoito e comer cereal. Picolé também, que temos que comer ali pra não sair pingando pela casa. Às vezes eu derretia o picolé só um pouquinho com a minha língua e deixava pingar na árvore. Agora não faço mais isso, porque o pingo mágico fez ela crescer tão rápido que já está muito maior do que eu, mesmo a gente tendo a mesma idade.

Por isso eu gosto da cozinha, mas meu lugar favorito da casa é o meu quarto. Lá tem meus jogos, Lego e um carpete que faz cócegas nos meus pés. Entro debaixo das cobertas com a Gwen. Ela se esconde na cama quando está chovendo lá fora ou quando eu estou assustada. Se eu chamo, papai vem se aconchegar comigo. Ele nunca fala nada. Deita na cama com o cabelo todo bagunçado e coloca os braços em volta de mim. De manhã, quando acordo, ele não está mais lá.

Quando a gente tem um sonho e ele parece real, significa que a gente talvez faça xixi na cama. É o que a mamãe diz. A luz do banheiro fica sempre acesa por isso. Mas eu me lembro da barraca. É ela que é azul e está mexendo bastante. Mexe, mexe, mexe. Talvez isso seja um sonho também. Mamãe diz que a coisa mais importante que tenho que lembrar é não sonhar que estou indo pro banheiro antes de chegar na privada. Não é minha culpa, mas eu tenho que lembrar. Se não lembrar e sonhar que estou fazendo xixi, então vou fazer xixi de verdade, mas no lugar errado. Aí vou molhar a cama. O lençol, que faz um barulho crocante que nem cereal, vai precisar ficar estendido no varal. Dá pra me esconder atrás dele como uma cortina na frente do teatro. Vá até a privada. Não tem privada quando a gente acampa. Eu não preciso ir ao banheiro.

Não gosto do mexe, mexe, mexe. Eu me viro, abraço Gwen, me aconchego no Grude e torço pros sons pararem. Mamãe está gritando como se tivesse um monstro lá. Por isso que eu sei que é um sonho, então tenho que manter os olhos bem fechados. Está escuro atrás dos meus olhos. Mamãe nunca grita. Quase nunca. Só de vez em quando.

3.

MESMO DE olhos bem fechados eu consigo ouvir o zíper abrindo. Eu me viro e dá pra ver um pedaço de céu, que está bem azul-escuro agora, e a cabeça de papai cobrindo a maior parte dele. Ele parece zangado. Estou encrencada. Papai está gritando e tudo o que vejo são os dentes. Não são dentes muito brancos, mas são grandes. Ele tem presas afiadas e lá no fundo da boca dá pra ver uns dentes maiores que são largos como se pudessem estar na cabeça de um dinossauro. Dentro da maioria tem um pedaço de ouro. É neles que o papai guarda todo o nosso ouro pra que ele fique bem seguro. Se estiver dentro da boca do papai, então nenhum ladrão vai conseguir se esgueirar com o ouro e, se tentar roubar de noite, vai ter que pegar os dentes. Isso vai acordar o papai, que vai perseguir o bandido pra fora de casa. Eu me agacho. Papai me pega.

Ele me abraça, mas não é do jeito aconchegante. É forte e apertado, e o ar sai do meu corpo. O céu sacode todo. Vejo um braço longo que parece uma garra, só que maior, e é um galho com agulhas de pinheiro. Papai está correndo e a corrida me chacoalha. A gritaria não para. Vejo a cabeça de Gwen indo pra cima e pra baixo. Ela está no meu braço e vai cair se eu não segurar firme, então puxo ela com força e tento fungar no seu corpinho, mas a cabeça está balançando demais. Papai me puxa pra trás. Vejo bugigangas espalhadas por todo o chão e penso que ele está fazendo a maior bagunça.

Papai corre pra longe e eu sinto o chão nas minhas costas. É pontudo e me tira o ar. Uma agulha de pinheiro me espeta no espaço entre a camisa e a calça do pijama, que está sempre caindo. Toda hora eu tenho que usar minha mão pra ficar puxando a calça pra cima, por trás, e às vezes isso acontece quando eu estou correndo. Uma vez um menino percebeu, riu e apontou porque ele viu meu bumbum — não a parte redonda, só o cofrinho. Mamãe diz que esse é o meu sorriso de trás. Eu prefiro calças que ficam pra cima.

Quero arrumar minha calça, mas papai me pega pelas costelas de novo. Ele me joga, que nem faz na água do lago, mas dessa vez não tem água. Bato a cabeça e grito, porque dói muito. Papai está tão bravo que está gritando. Só que foi ele quem fez a bagunça, não eu. Ou talvez o Grude tenha saído de fininho e feito tudo, mas, mesmo assim, papai está gritando. Ele me empurra, e eu fico achando que vai me jogar no lago. De vez em quando ele faz isso, mas violência na água não pode. A gente tem que estar rindo, e todo mundo tem que estar feliz pra papai me deixar subir nos ombros dele e pular, ou pra me jogar na água. Quando eu pulo, não me assusto. Tampo o nariz com a mão e mergulho, e então o barulho para. É quietinho debaixo d'água. Tem bolhas que eu consigo enxergar, mas nenhum tubarão, porque eles não vivem no nosso lago. Só alguns peixinhos que mordiscam meus dedos do pé se eu ficar bem parada, mas isso nem dói. Quando fica tudo calmo e eu vejo as bolhas, sei que é hora de subir e destampo o nariz. Sacudo as pernas e subo até a superfície e o braço de papai me agarra. O barulho volta pros meus ouvidos.

Mas dessa vez papai me joga e eu não caio na água. Tem alguma coisa dura nas minhas costas, e papai me empurra na barriga. Não é brincadeira. Não podemos empurrar os outros, então falo pra parar e grito, porque ele está gritando tanta coisa que acho que não consegue me ouvir. Papai me empurra de novo, mesmo isso sendo errado, e dessa vez machuca, então me encolho em volta de Gwen. Ele me dá um empurrão nas costas e eu sinto ar correndo ao meu redor. Ouço uma pancada. Clique.

Estou no escuro. E estou brava com papai. Ele está gritando e empurrando, e essas duas coisas são malcriação. Eu me pergunto se ele está encrencado com a mamãe. Quando a mamãe fica brava, ela não grita. Ela só olha e deixa a gota de tristeza sair do coração pelas veias e subir até os olhos. Os olhos dela mandam a tristeza pros meus e deixam escorrer até o meu coração, fazendo ficar que nem uma bola. Não uma bola que quica alto, mas uma murcha, que precisa que papai coloque ar nela. Não vou pedir pro papai bombear ar no meu coração porque estou brava à beça. E também porque não consigo mais ver ele. Está muito, muito escuro, e não sei se meus olhos estão abertos ou fechados. Acho que estão fechados, e eu coloco um dedo pra testar. Posso sentir minha pálpebra. Quando descubro isso, abro meus olhos, mas continua a mesma coisa. Meu olho está triste.

Mamãe deixa um abajur ligado quando está escuro demais. Estendo a minha mão. Tudo o que sinto é uma parede lisa. Reconheço a sensação: é o Coleman.

O ar faz um vuash e a luz volta do céu. Vejo o rosto de papai. Seus olhos estão como em um desenho, quando um cara leva uma pancada. Então eu vejo o Grude no ar em cima de mim, e ele está descendo. Suas pernas estão encolhidas, e o rosto dele está com a mesma cara de quando ele levou uma picada de abelha no nosso quintal. O Grude estava no cadeirão quando era um bebê, e a abelha queria a comida dele. Foi até a testa, mas tirou o ferrão. O Grude não precisou de uma agulha pra tirar ferrão, mas a cara dele ficou toda vermelha e amassada no meio. Então talvez agora ele tenha sido picado por uma abelha. Papai empurra o Grude pro meu lado e eu falo "Ei", porque não tem espaço e os pés dele estão encostando em mim. Tento sair e papai fica ainda mais zangado, com as veias tremendo no lado do pescoço. Grita tão alto que eu cubro meus ouvidos e levanto os ombros. Estou encrencada. Bem encrencada. De novo. Mas não molhei a cama e nem lembro o que fiz pra deixar ele tão bravo. Eu nunca lembro.

— Fiquem aqui — grita ele, parecendo doente. — Não saiam!

Talvez seja o Grude que esteja encrencado.

Papai nos aperta lá dentro e tudo fica escuro de novo. Sinto o ar fazendo vuash e ouço uma pancada e depois um clique. O Coleman fecha a boca. O ar entra no nariz do Grude e eu quase fico sem respirar. Então a boca do Coleman se abre e sinto o ar entrando de novo. Inspiro. Vejo os dedos de papai e uma pedra. Os dedos colocam a pedra no lado da boca do Coleman, onde não tem dentes, gruda ela lá e depois fecha quase tudo de novo. Ouço um clique na frente e Papai grita pra eu não tocar a pedra, nossa pedra de segurança. Não dá mais pro Coleman fechar a boca toda, com ela ali na lateral. Papai vai embora e agora está gritando com a mamãe. Ela não vai gostar disso. Coloco minha orelha na abertura da boca do Coleman e consigo ouvir papai gritar:

— O remo... ah, meu Deus.

Ele diz Deus, não Jesus.

Estamos dentro do Coleman. Os dedos do pé do Grude grudam na minha perna e eu não gosto disso. Não tem espaço aqui pra nós dois. Quando dividimos uma cama, mamãe desenha com o dedo uma linha no meio que nenhum dos dois pode atravessar. Eu agora digo que tem uma linha e tento desenhar com minha mão que nem uma faca. Não consigo fazer isso com o bumbum do Grude invadindo meu lado da linha. Chuto o Grude pro lado e ele chora, tem gritaria pra tudo que é lado e a mamãe está gritando de volta. Papai está rugindo que nem um leão, desses com uma juba enorme que balança. Não gosto desse papai gritalhão. Quero o outro papai de volta, mas ele continua gritando, mesmo sem a mamãe gritar. Ela não grita, então eu me sinto melhor. Gosto dela quieta, porque é assim que ela é.

Empurro Grude com meus pés pra ganhar espaço. É muito apertado pra gente no Coleman. Agora o bumbum dele está na minha cara e eu não quero isso aqui. A respiração do Grude está quente e me toca e eu também não quero ela aqui. Estendo a cabeça pra colocar meu nariz na abertura da boca do Coleman e consigo ver a pedra presa ali que nem um dente na lateral. Não posso tocar nela. Coloco meu nariz pra puxar ar, pro Grude não roubar ele todo. Ouço palavrões e penso que deve ser o novo papai. Depois mais um palavrão, um grunhido e papai falando como se estivesse triste. Ele continua a falar, agora com a voz mais baixa, então talvez o meu papai esteja voltando. Depois tem um rosnado e outro grunhido, e não sei o que está fazendo esses barulhos. Tento estender minha cabeça pra ver, mas minha testa é alta, subindo dos olhos até onde começa o cabelo, de um jeito que não me deixa botar os olhos na brecha da boca do Coleman pra enxergar. Fico feliz que o Coleman não seja uma baleia com uma língua enorme que me puxaria de volta. Baleias não têm dentes, então a gente seria sugado pra uma cachoeira, que é bem como as baleias comem. Ela não gostaria de comer a gente, mas não saberia que estamos ali, porque não tem ouvidos na cabeça e não ia ouvir o choro do Grude. Baleia não come gente, come árvore.

O Grude e eu temos que esperar as árvores entrarem na boca da baleia. Sentamos bem no meio. Se uma árvore entrar e pegarmos nela, e talvez depois outra, quem sabe daria pra eu usar uma corda pra amarrar as duas e fazer uma jangada? A gente podia flutuar pra fora quando a baleia estivesse dormindo, mas também flutuar de volta pra dentro sem querer. De qualquer jeito, não posso botar meu plano em prática porque o Grude puxa meu cabelo e eu belisco ele de volta, e estamos só na boca do Coleman. Estou tremendo mesmo assim. Não tem baleia nenhuma. O Grude não sabe nadar.

Consigo ouvir coisas fora do Coleman. Meu ouvido continua perto da boca dele, então dá pra ouvir mais do que a choradeira e os sons do nariz do Grude. Lá de fora ouço um rosnado e então uma respiração que não é a do meu irmão. Vem de um nariz mais longo, como o do Snoopy. Esse é um cachorro que mora na nossa vizinha e geralmente fica atrás do cercado, latindo pra mim e pro Grude quando jogamos bola. Na primeira vez que eu vi o cachorro, fiquei assustada, porque o Snoopy é grande. O nome está todo errado, porque ele não se parece nem um pouco com o cachorro da TV. Esse é preto e alto, e dentro da boca dele é tudo escuro. Ele me encarou como se eu fosse um jantar gostoso ou se meu braço fosse um brinquedo de mastigar. Mas mamãe disse oi pro Snoopy depois de um tempo e a gente ficou amigo. Agora ele entra no nosso quintal e pega a bola, mas tudo bem porque eu divido. Só com o Snoopy, não com o Grude. O cachorro corre atrás da minha bola e traz de volta, de novo e de novo. É o único que joga comigo por um tempo longo, já que a mamãe só joga umas duas ou três vezes e, então, eu fico sozinha, o que não é nada bom. Já as mãos do Grude são muito gordas pra pegar a bola, então o Snoopy é o melhor. Posso ouvir sua voz dentro do Coleman e estamos longe de Toronto, mas ele veio nos visitar perto do chalé e talvez não tenha gostado, porque está rosnando. A Sra. Buchanan deve estar sentindo falta do cachorro dela, ou quem sabe veio me visitar também. A voz do Snoopy é baixa e faz au-au-au. Então ouço papai falando e me pergunto o que ele está falando tanto pro Snoopy, já que geralmente não fala nada, só quando o cachorro faz cocô no nosso quintal.

4.

O Grude chora muito. Chamo papai e mamãe e sinto como se minha garganta fosse parecida com o chão do chalé, que deixa farpas nos meus pés. Ninguém vem. Não gosto de farpas e não quero uma na minha garganta. Seria ruim. Talvez seja assim ficar de castigo no acampamento. Não parece um castigo normal em Toronto ou no chalé. Neles, não sento em um degrau ou na varanda. Já aqui, fico sentada dentro do Coleman. Não falei nada e fiquei parada quietinha durante o tempo de castigo, mas, mesmo assim, papai não me deixa sair.

Tento espiar pra fora do Coleman, mas a minha testa continua grande demais. Vejo as estrelas e não sinto o vento. Chamo papai e mamãe de novo, mas nada. Presto atenção. Ainda dá pra ouvir outra respiração, mas não é a do Grude e também não é o som do vento. Os barulhos são o Snoopy. A Sra. Buchanan deu um osso pra ele. Eu normalmente não posso, mas a Sra. Buchanan às vezes me deixa segurar o osso pro Snoopy pegar. Ele faz isso com cuidado, puxando os lábios pra trás pra eu poder ver que os dentes não vão me morder, deixando eles bem longe da minha mão. Quando termina o jantar de osso, ele me dá um beijo molhado na bochecha e eu abro um sorriso.

Snoopy está comendo o osso e consigo ouvir o creque-creque das mandíbulas. Seu nariz está fungando porque ele é um porco na hora de comer, sem nem parar pra respirar. Eu tenho que parar, mesmo quando estou morrendo de fome. Mas Snoopy não precisa porque ele é um cachorro. Seus dentes ficam roendo o osso, fazendo creque. Acho que quebrou, e não pode fazer isso, porque o osso acaba ficando preso no céu da boca e, quando isso acontece, ele vai parar no hospital de cachorro. Já aconteceu uma vez, mas eu não estava lá. Foi a Sra. Buchanan que me contou. Snoopy chorou no veterinário e teve que receber uma injeção de dormir pra tirarem o osso. Ouço o creque-creque de novo e sei que o Snoopy deve ter quebrado o osso, mas a Sra. Buchanan não está mandando ele parar. Talvez esteja dormindo, porque é hora de ela descansar.

— Snoop — chamo da boca do Coleman.

Ele não ouve. Continua comendo.

— Ei, Snoop!

Falo mais alto. Atrás de mim, consigo sentir o Grude se revirando. Ele coloca o joelho nas minhas costas, e acho que deve estar tirando uma soneca. Não quero que acorde, porque ele finalmente parou com a choradeira.

— Snooooopyyyyyyyyy — sussurro.

O barulho de mastigação para e ouço o Snoopy farejando.

O som fica mais alto. Snoopy está vindo me ver. Estendo meus dedos pra dar oi, porque só tenho uma mão que não está segurando a Gwen. Sinto um cheiro ruim. Puxo a mão de volta pra tampar o nariz, porque não gostei nem um pouco do cheiro. Snoopy precisa tomar banho. Está com o cheiro das folhas podres debaixo do chalé, dos peixes estripados no barco. Eca. Snoopy vem e eu vejo seu nariz enorme farejando a abertura do

Coleman, mas o cheiro está todo errado e me deixa tremendo. Tirando o cheiro de peixe, não sei por que estou tremendo. Não gosto de comer peixe. A abertura escurece, e agora tem pelo entrando por ela. É um pelo eriçado, que enche a abertura do Coleman e cobre a luz de um jeito que não me deixa mais enxergar.

O Grude começa a chorar porque está escuro, e o Coleman passa a chacoalhar. O meu irmão me agarra, eu agarro a Gwen, e tudo chacoalha e chacoalha. A escuridão continua, e eu chamo o papai. Somos sacudidos mais e mais, então ouço um rosnado e sinto um fedor. Cubro minha boca porque não quero inspirar. Grude chora, eu também, chacoalhamos mais e capotamos.

Rolo pra trás e bato a cabeça. Tem alguém rugindo, e então ouço um som como o da mamãe fazendo almoço e usando o topo do Coleman pra fatiar maçãs com uma faca. Mas não é a mamãe, porque o cabelo dela é amarelo e ela sempre me dá um pedaço da maçã. É mais alto e é como se tivesse dez mamães cortando maçãs, o que seria muito e não caberia lá fora. Fica claro e escuro toda hora, e eu consigo ver o Grude de lado chorando. Preciso de papai, porque esse lá fora não é o Snoopy e eu não devo falar com cachorros estranhos, já que não nos conhecemos. Estou de costas e o Grude cai em cima de mim, mas não ligo. Pego o braço dele e puxo, puxo Gwen também, choramos e raspa raspa raspa. Posso ver o pelo e ouvir a respiração e aperto o Grude e Gwen, fechando meus olhos. A gente está chorando.

Minhas lágrimas acabam quando o som de coisa raspando para. O Coleman fica caído de costas com a pedra na boca. O cachorrão preto não está mais arranhando. Ele volta a farejar e fazer barulhos e então começa a quebrar o osso de novo.

O Grude e eu estamos apertados um contra o outro. A cabeça dele é pesada que nem uma bola de boliche e deixa meu braço cheio de pelinhos. Ele se aconchega em mim. Está muito escuro fora do Coleman, sem papai nem mamãe, e depois de um tempo percebo as minhas pálpebras se fechando feito uma mandíbula.

5.

Abro meus olhos, está claro fora do Coleman agora e eu vejo a cara chorosa do Grude toda vermelha e amassada. Ele chora porque quer a mamãe. Eu mando ficar quieto, mas ele continua chorando. Sua barriga está amassada também. Parece uma bolinha, redonda que nem as bochechas. A cara do Grude está parecida com um tomate estragado depois de ele ter chorado tanto: molhada e com o nariz todo melecado. Aqui dentro do Coleman, está muito barulhento por causa do Grude e eu quero sair.

Chamo por papai e mamãe, mas ninguém vem. Tento dar uma espiada lá fora. Consigo ver um pedaço do céu, que está azul. Consigo ver as árvores e elas não se parecem mais com garras. Coloco as mãos nas orelhas por causa do choro tão alto do Grude e também aperto as pálpebras. O barulho continua, mas agora vejo linhas escuras nos cantos dos olhos. Quando abro eles, as linhas somem. Quando fecho, elas voltam. Estão presas nos meus olhos. Toco elas e descubro que são cílios. Achei que eles fossem mais finos, mas agora parecem peludos. No espelho consigo ver um monte, mas, com meus olhos meio fechados, percebo que tem buracos entre eles. Ainda dá pra enxergar lá fora. As árvores parecem peludas, não mais garras, como se as agulhas fossem os cílios dos pinheiros. E eles continuam peludos do mesmo jeito... como quando eu aperto os olhos. O barulho está muito alto, e minhas mãos nas orelhas quase não bloqueiam o som.

Depois de um tempo, o choro do Grude para e eu tiro as mãos. Meu irmão só está conseguindo respirar através da própria baba. Ficou todo encolhido no lado dele do Coleman, encarando a lateral lisa. É difícil pra mim levantar a cabeça, então só coloco ela no chão e escuto. Não ouço nada, até que então está lá pra eu ouvir. Um fungado.

Agora o fungado está mais perto. Penso no cachorro preto que vi pela abertura. Não acho que o Snoopy esteja aqui; ele seria obediente e bonzinho. E a Sra. Buchanan chamaria o Snoopy de volta, porque não gosta que ele vá muito longe. Ouço mais fungados, e nada da Sra. Buchanan. Acho que é o cachorro preto e fico com medo. Mas eu também tinha medo do Snoopy, então talvez o cachorro preto não seja assim tão mau. Mesmo assim deixo meus dedos longe da abertura, porque não devo deixar eles parecendo cenouras, pra morder.

O fungado está bem perto agora, e alguma coisa esbarra no Coleman, que balança e então para. Mais fungados, então outro empurrão. O focinho do cachorro preto aparece na abertura. É molhado, então está saudável. E é grande. Brilha como a poltrona na casa do meu vovô. Vovô adora ficar sentado. Ele diz que os seus "ossos velhos" precisam de uma poltrona, e nela tem uma alavanca que eu posso puxar na lateral. Mas eu só posso puxar a alavanca quando o vovô está preparado pra deixar as pernas subirem. E meu vovô é muito bonzinho quando faço as coisas do jeito dele, então eu faço. A poltrona é preta e de vez em quando a faxineira esfrega tanto um pano nela que o estofado fica brilhante e quase dá pra ver meu nariz nele. Não meu nariz de verdade, só a sombra. Rose. Essa é a faxineira. Ela tem cheiro de limão e usa um avental que na minha opinião devia ter limões estampados, mas em vez disso tem flores rosas e mais leves. A Rose vem desde que minha vovó morreu, quando meu vovô sentiu tanta falta dela que chamou a Rose pra fazer as tarefas. Quando puxo a alavanca, um banquinho aparece do fundo da poltrona e levanta os pés do vovô até ele ficar deitado que nem numa cama. Mas não é uma cama, é uma poltrona preta. Brilhante e lisa, com covinhas. Que nem esse focinho.

O focinho funga e eu vejo as narinas abrindo e fechando. O Grude está parado. Consigo ouvir ele guinchando baixinho, mas não quero levantar minha cabeça, porque o focinho está olhando pra mim. Fica respirando meu ar como se dissesse oi feito o Snoop. Mas isso não é um oi. Está mais pra um quem é você? Não quero falar, então deixo minha cabeça encostada no chão, sentindo o Grude se mexendo como se quisesse fugir, mas não tem pra onde ir no Coleman. O Grude está tremendo e eu quero que pare. Então empurro o Grude pra ele ficar de lado de novo. A cabeça dele chega perto da minha e nossos pés estão entrelaçados. O focinho continua a fungar perto do canto da boca do Coleman e eu coloco a minha mão na boca do meu irmão, igualzinho a quando a gente se esconde do papai. Não o bastante pra deixar o Grude irritado, nem tão apertado pra ele não conseguir respirar, mas não quero que o cachorro preto descubra que a gente está aqui. A barriga do Grude se encolhe como se ele fosse gritar e ele revira os olhos pra olhar pra mim. Eu faço shh e sinto os lábios dele se abrindo pra gritar comigo, mas então os olhos piscam e ele fica quieto. Coloco minha mão no Grude e ficamos quietos vendo o focinho fungar de novo e de novo.

A pedra ainda está presa no canto da boca do Coleman. A frente tem os dentes de metal que papai travou pra fazer a gente ficar aqui. O focinho encontra o dente de metal e empurra, então abre e mostra uma língua enorme. Dá pra ver um lábio preto e um dente que é muito branco e comprido. O pelo está um pouco molhado, e tem um suco rosado nele. Uma vez achei uma caixinha com suco de tomate numa festa. Aquilo foi uma surpresa. Geralmente seria suco de laranja ou maçã ou de frutas, mas era tomate, e não gostei nem um pouco. Acabei cuspindo e o papai disse que aquilo ficou uma bagunça. Mas ele queria que eu colocasse a bagunça na barriga, o que era nojento. Então eu cuspi e disse desculpa, mas não pensei desculpa. O cachorro preto tem suco de tomate na boca e cai um pouco no lábio branco do Coleman. A língua vem e limpa o suco, depois fica lambendo como se tivesse alguma coisa muito gostosa na boca do Coleman.

Os dentes do cachorro aparecem e ficam raspando no canto, até um pouco da caixa se transformar em farpas de metal. O animal faz uns grunhidos como se estivesse desconfortável ou bravo. Ele mastiga o Coleman como um brinquedo, e eu agarro o Grude porque não gosto de olhar praqueles dentes. Tem um que é bem comprido, e eu começo a tremer. Ele raspa, então desce por baixo do clipe de metal e se prende ali. O dente engancha, o Coleman balança e o Grude grita e acho que eu também. Então todo o pelo na abertura vai pra trás. O dente não é um gancho, mesmo que tente ser. Ele volta pra tentar outra vez, e a boca empurra e tenta enganchar mais uma vez. O cachorro continua empurrando com a boca, deixando tudo com o cheiro dela, que é um hálito muito ruim, de algo podre. Igual o hambúrguer que mamãe esqueceu uma vez na geladeira e só achou quando já estava marrom, com uma coisa parecida com pelo verde cobrindo ele todo. É parecido com isso, só que com pelo preto. Fede muito. O dente vem de novo, que nem uma espada, e tenta se enganchar. Então o Grude grita e eu não suporto o barulho e o cheiro. Meu pé está no lugar, então dou um chute.

Acerto o dente e meu pé faz dodoi, então encolho ele em uma bolinha. Ouço um ganido. Um rosnado baixo. O fedor diminui. Ouvimos snif-snif-snif e então menos snifs. Continuo escutando, e de repente o dente não está mais na abertura. Nem o focinho. Ouço algo raspando e o som de lábios abrindo e fechando. O cachorro está mastigando alguma coisa. Não o Coleman, e sim um pouco de comida lá mais perto do lago. Que nem quando eu mastigo galinha: raspa, creque, muak. O cachorro está tomando café da manhã. Parece que o Grude também escuta o barulho, porque a cabeça dele está mais perto da abertura e ele se vira pra olhar pra mim, e depois levanta a frente da camiseta pra limpar o nariz.

6.

Quero sair do Coleman. Não podemos sair do Coleman. Foi o que o papai disse. Fico parada no lugar pelo máximo de tempo que consigo. Não consigo mais. Grude está agitado.

— Eu sai — diz ele.
— Papai disse "fica" — digo em minha voz adulta de papai.
— Sai.
— Fica.

Viro meu ombro e quero sair.

— Papai! — chamo.
— Sai.
— PAPAI!
— Papa.
— PAPAAAAAI!

Eu e o Grude gritamos, e acho que nossas gargantas se machucam com farpas. Depois de um tempo paramos. Então não tem barulho nenhum. O céu pela abertura parece vazio de tudo. Só azul e um galho peludo. Até o cachorro preto foi embora.

Ficamos quietos escutando. Então surge um mau cheiro e penso que o cachorro deve ter voltado. Balanço minha mão pra mandar o ar de volta lá pra fora. É como se o ar tivesse parado de entrar. Ou se o Grude tivesse sugado ele todo. Não consigo respirar o meu ar — ele está muito pesado e cheio de fedor. Também não quer descer pela minha garganta, então puxo a camisa do pijama pro nariz e tento respirar ali. Coloco a Gwen no meu nariz também pra fungar, mas ela está ficando toda entupida também.

— Grude?

Ele não responde. Nunca responde.

— Você fez cocô?

— Aham.

— PAPAI!

Papai sumiu de novo.

Chuto o dente de metal pendurado no meio da boca do Coleman. Ele está mordendo com força e não quer soltar. O dente de metal está apontando pro céu, porque o Coleman está caído de costas, por causa do empurrão do cachorro preto. Eu me espremo pra tentar colocar minha boca lá em cima e morder que nem o cachorro. É difícil de alcançar, então coloco meu joelho na barriga do Grude pra subir e espremo ela. O dente do Coleman tem um gosto nojento de metal, e não consigo enganchar o meu dente porque ele não é comprido o suficiente. Então dou um soco, e a minha mão fica com uma linha vermelha nos dedos. Papai vai ficar zangado se eu tentar sair, mas o fedor é ruim demais. Dou um empurrão com o meu ombro e dói. O dente do Coleman está enganchado em uma coisa de metal lá fora que parece um nariz pra ele. Coloco meus dedos na abertura pra tentar alcançar e é como se estivesse tentando tirar meleca. Torço para o Coleman não ter meleca e dou uma risada. Mas não consigo alcançar o nariz, e ele continua preso no dente de metal com bastante força.

Preciso sair do fedor ou o cheiro vai pegar na Gwen e ela vai ficar fedida. Aperto meus olhos pra fazer meu cérebro ver se tem outros dentes ou narizes no Coleman, mas não consigo pensar em nenhum. O Grude me chuta pra longe da barriga e eu mando ele ir pra longe.

— Para — diz ele e me empurra.

— Eu quero sair do seu fedor.

— Sai — diz ele.

— Estou tentando.

Empurro e tento espremer o Grude contra o lado do Coleman pra ficar o mais longe possível do fedor. Ele encolhe a coxa e chuta. Meu peito já está doendo e ele me acerta bem no coração. A respiração sai com tudo da minha barriga e eu acerto o teto do Coleman com a cabeça e caio de lado. Meu ombro acerta a parte de trás, bem onde tem um dente pontudo.

— Ai! — grito pro Grude.

Soco e chuto, ele grita e eu nem ligo. Chuto mais, porque isso vai fazer papai aparecer. Chuto e soco, e o Grude está gritando muito alto e fedendo. Estou chorando e a água salgada pinga na minha boca. Meu ombro dói muito toda vez que eu mexo ele, então paro e levanto meu braço pra conseguir enxergar. O Grude me chuta mais, mas para quando eu não chuto de volta e então fica só chorando. Não ligo, porque consigo ver um galo vermelho no meu braço, bem enorme. Posso mostrar pro papai quando ele perguntar quem foi que começou. É culpa do Grude. Vejo bem: tem uma marca vermelha na pedra no canto da boca do Coleman. Ele está caído de costas, e a pedra no lado está empurrando meu braço.

Toda vez que eu me mexo, a pedra me cutuca no ombro. Tento sair de perto dela, porque estou bem cansada, mas a pedra continua a me bater. Mas quando faço isso chego mais perto do cocô do Grude, então volto pro mesmo lugar. Não gosto da pedra e é culpa do papai ter colocado ela ali. Papai fez um vermelho no meu braço. Começo a chorar, mas não muito alto. Assim o Grude não vai achar que venceu. Detesto a pedra e soco ela.

Papai é mau e mamãe devia vir pra cá me abraçar, porque é isso que geralmente acontece em seguida. Ela quase nunca grita, só uma vez ou outra, e diz que tenta bastante não gritar. Eu sei e por isso dou um abraço nela, colocando meus dedos em suas bochechas, onde é bem macio. O Grude está quase dormindo, porque é tão pequeno que não liga pra nada. Ele quase não é mais um bebê, mas ainda é, e fica me irritando. Se papai só saiu por um tempo curtinho, não tão longo, então cadê o abraço da mamãe? É geralmente nessas horas que ganho carinho, porque sou mais velha que o Grude e sei das coisas. É tarefa minha de vez em quando fazer a mamãe se sentir melhor. Ela diz "Eu tenho você, Anna. Você é tão forte" e ficamos na minha cama, e de manhã, na hora de acordar, ela ainda está lá abraçada comigo. Talvez papai não tenha sumido. Ele vai voltar logo se eu dormir. Ele não me odeia. Mamãe disse que ele ia acabar aparecendo.

Mas não consigo esperar por tanto tempo. Não sei se papai vai aparecer. Dessa vez ele não vai voltar. E o dente de pedra fica aqui na boca do Coleman de um jeito idiota e incomodando meu braço. Vejo que a pedra está mais pra dentro do que pra fora, então coloco meu dedo debaixo dela. Posso mexer a pedra. O Coleman está mordendo forte, tentando segurar firme, mas os cantos da boca estão raspados, e um pedaço branco do lábio dele sai quando eu empurro. Mexo mais e mais na pedra e é difícil; coloco meus dedos debaixo dela e levanto o mais forte que consigo. Em um momento, estou conseguindo, mas então puxo com força e abro meus olhos e ouço o som de algo estourando. De repente, está tudo escuro.

Está escuro, mas meus olhos estão abertos. O Coleman fechou a boca e travou.

— Nana? — diz o Grude.

Lá fora, ouço o som de um pedaço de metal caindo numa pedra e tinindo.

— Nana?

Ele chama meu nome errado toda vez e eu fico sem ar, sem abertura, o fedor é tão ruim que minha cabeça está girando porque não tem mais espaço pra respirar. Me inclino pro lado e caio. A boca do Coleman volta a abrir e eu me viro pra ver o azul. O Grude e eu somos ovos e alguém quebrou nossa casca, que agora tem uma linha que se divide em duas e quebra. O Coleman quebrou. A gente cai pra fora.

Um ar gelado acerta meu nariz e eu fico bem feliz por ter mais ar. O fedor já diminuiu. Ajeito minhas pernas, que estão formigando. É como se fossem tocos que alguém amarrou no meu corpo. Ajeito uma e depois a outra, então rolo pra fora do Coleman, pra cima das agulhas de pinheiro que pinicam a minha pele. Está quente e o sol acerta as agulhas, que formam uma paisagem bonita dali. Fico deitada de costas e sugo o ar de volta pro meu nariz.

Então me sento e olho pro Grude. Ele está sentado como um toquinho do lado do Coleman. Fico preocupada porque estamos do lado de fora, e deveríamos ter ficado do lado de dentro. Mas não é minha culpa se o Coleman abriu a boca, e fico pensando se a gente devia voltar lá pra dentro. O dente de metal saiu da cabeça dele e agora está perto de uma pedra no chão, ou seja, não vai mais dar pra morder e deixar a gente preso lá dentro. Fico feliz, porque o Coleman não é um bom lugar pra gente ficar. Estou feliz também porque papai não vai poder ficar zangado. Mas então, quando penso nisso, vejo que o Grude tem um vermelhão na bochecha de quando eu soquei ele e isso pode me deixar encrencada. Assim, talvez papai volte ou talvez não. O Grude vai ficar encrencado por causa do cocô. Não quero me dar mal. Eu quero o papai de volta.

7.

OLHO EM volta e vejo uma bagunça, mas eu não fiz essa bagunça. Tem comida espalhada pelo chão, como tivessem jogado tudo por aí. Não fui eu. Alguém pegou a comida e espalhou. Olho pra baixo e vejo uma maçã e pego pra dar uma mordida. Está gostosa. Alguém já mordeu ela antes, provavelmente o Grude, porque ele sempre morde as frutas e coloca elas de volta no cesto. Quando isso acontece, mamãe pega a maçã que o Grude mordeu e mostra pra ele e pergunta: "Por acaso tem um rato na cozinha?". A mordida é maior que a de um rato ou a do Grude, mas eu não ligo, porque estou com fome. Dou outra mordida, e é uma maçã gostosa. Um fio de suco escorre pelo meu queixo, então passo a língua e percebo que é suco de maçã. Humm, gostoso. Estou com sede. Mais suco seria legal, então me pergunto se dá pra meter um canudinho na maçã e beber direto dele. Olho em volta aquela bagunça, querendo saber se tem um canudinho por ali, mas não tem, porque a gente não traz canudos quando vai acampar com a canoa.

Às vezes, quando vamos acampar com a canoa, depois de atravessar o lago tem uma trilha. Quando papai está contente, ele pega a canoa e carrega ela por cima da cabeça, então grita de dentro e diz que é o Sr. Cabeça de Canoa, fazendo uma dança que nem sapateado, só que com os tênis molhados dele e as pernas saindo de debaixo do barco. O Grude e eu rimos. Ele começa a gritar sobre o Sr. Cabeça de Canoa, andando por aí, com a voz bem alta e cheia de eco, e é aí que o Grude fica com medo. Mas eu sou mais velha, então continuo rindo. Mamãe leva os remos e uma mochila nas costas e fica parecida com uma tartaruga.

O carro não está junto, porque andamos de canoa pra longe dele por um bom tempo. O Grude e eu carregamos nossos coletes salva-vidas, e eu preciso carregar a Gwen. Então a gente anda na trilha atrás do Sr. Cabeça de Canoa até chegar em outro lago. Lá o Sr. Cabeça de Canoa coloca a canoa no chão e ela vira um barco, não uma cabeça, e papai se torna ele mesmo, e não duas pernas. Papai diz pra nós esperarmos, e é aí que mamãe, o Grude e eu brincamos até ele voltar. O Coleman é importante, porque trazemos a comida dentro dele, e ele sabe manter os animais longe pra gente poder tomar o café da manhã. E mais que café, porque vejo que tem biscoitos lá, que mamãe fez sentada no chão. Estão em uma lata, e eu sei disso porque essa lata sempre tem biscoitos. Agora pego a lata e vejo que tem uns buraquinhos no alumínio. Acho que o Grude tentou fazer furos nela com um graveto. Coloco meus dedos na tampa porque quero um biscoito, mas está muito difícil de abrir. Meus dedos escorregam e eu tento de novo. Não dá pra pegar biscoito nenhum, então largo a lata porque estou brava e não consigo ver o que mais caiu do Coleman.

Vejo um pedaço de carne no chão e torço o nariz, porque acho que talvez esteja fedendo. Queria poder cheirar a Gwen em vez disso, mas ela não está na minha mão. Olho pra trás e vejo que deixei ela sozinha perto do Coleman, então corro e pego e fungo nela. Está quase com o cheiro normal de novo, mas meus olhos voltam pra carne. Ela me lembra de quando eu abri a geladeira uma vez e tinha um pedaço comprido de carne lá dentro ocupando muito espaço. Estava em uma caçarola, e eu peguei um banquinho pra olhar direito. Tinha sangue pingando, e eu não gostei do jeito dela. Fiquei com uma borboletinha no estômago. Mamãe me viu olhando e disse que eu não precisava me preocupar, que era só uma perna. Queria saber por que a gente guardava pernas na geladeira, e ela disse que era de um cordeiro, mas sem casco, e era por isso que tinha sangue, já que cordeiros têm sangue dentro deles. E um cordeiro comendo grama na fazenda não é que nem essa carne, nem parecido com o cordeiro na geladeira, mas tem grama entrando no seu corpo e ficando vermelha. Quando olhei no dia seguinte, o pedaço tinha sumido. Mas não gosto dessa carne que o cachorro preto deixou no chão. Não tem casco nela e sim o sapato de papai, e não sei por que ele deixaria o sapato ali. Talvez estivesse tentando ajudar o cordeiro. Tem moscas na carne, porque ela devia estar numa geladeira, mas não tem geladeira aqui. Então ouço meu nome.

— Anna.

Eu olho pra cima e não reconheço a voz. Não tem mais ninguém pelo acampamento, porque não sei onde meus pais estão.

— Anna.

Não é o jeito errado que o Grude fala. A voz é um sussurro leve que nem um fantasma, e eu olho pra cima porque ela deve estar voando pelos galhos. Olho pra cima, dou um passo na direção da fogueira e olho ao meu redor, porque fantasmas me assustam. A voz sussurrante diz uma coisa e eu sei que são fantasmas, porque ninguém que fala assim sabe meu nome. Olho na canoa que está parada na água perto das pedras da fogueira. Não tem fantasmas lá dentro. A lenha preta na fogueira tem um pouco de branco saindo, parecido com as partes de um fantasma.

— Anna.

O fantasma sussurra da fogueira e faz a minha borboleta do estômago se agitar, então me agacho pra sentar, abraçar os joelhos e fungar na Gwen.

— Aqui, querida. Olhe.

Viro a cabeça e vejo a mamãe caída nas plantas. No acampamento tem um círculo coberto por agulhas e uma parte com plantas onde as pessoas não andam, então é o lugar que essas plantas ficam. Não consigo ver mamãe, mas consigo ver a sola do pé dela. Ou não é o pé, e sim o sapato. Um sapato especial que é bom de usar na canoa, porque devo sempre estar de sapatos no acampamento. Olho pra baixo. Meus pés estão em cima das agulhas e não tem sapatos neles. Tem dedinhos nas pontas, dedinhos que parecem rosados. Dedos rosadinhos. Não quero colocar os sapatos, quero que mamãe coloque eles em mim. Não consigo achar os sapatos e na verdade não procurei, sei que ela vai perguntar onde estão, mas tem tanta bagunça bagunça bagunça aqui e meus sapatos estavam perto da porta, que não existe mais.

Mamãe está usando os sapatos, consigo ver um nas plantas. Os dedos apontam pra cima. Esses são sapatos que você pode molhar que não vão ficar fedidos. Eles têm uma borracha que ajuda a não escorregar em pedras. Mesmo assim, ela escorregou em uma pedra quando estava ajudando o Grude a sair da canoa. Ele é um rapazinho pesado, e a canoa entornou um pouco e entrou água quando eles estavam saindo, porque a borracha escorregou da pedra. O Grude chorou. Mamãe colocou ele no lado da água, e ele ficou sentado no colo dela chorando mesmo sem ter se machucado de verdade. Ela abraçou o Grude com os dois braços pra ele ficar em um lugar quentinho e macio, e balançou e disse "está tudo bem, tudo bem". O Grude chorou, mesmo não doendo mais, porque ele adora sentar no colo da mamãe. Quando parou de chorar, ela perguntou se ele estava se sentindo melhor. Grude disse "tá bem, mamãe?" e colocou a mão na bochecha dela. Ele ganhou mais abraço ainda, mas devia ser a minha vez. Agora, tenho que andar até ali, porque a mamãe não está vindo pra cá. Ela viria se eu fosse o Grude, então não é justo. O sapato especial está jogado na pedra, não muito longe, e de qualquer jeito não gosto que a fogueira saiba meu nome.

— Essa é a minha mamãe — digo pro fantasma.

Não quero que o fantasma me siga enquanto ando até as plantas e penso em hera venenosa. Ela se parece com as outras plantas e tem folhas verdes e brilha que nem as outras em todo lugar. Mamãe devia ter cuidado. Mas ela não sai do lugar e então estou do lado dela e vejo que tem sangue e fico tão assustada que meu coração salta até a garganta. Tem um sapo na minha boca. Mamãe está um pouco escondida nas folhas e talvez isso seja pra tampar o sangue, pra eu não ver, mas vejo.

— Anna, está tudo bem — sussurra, e o som da voz não é o dela. — Vem cá, querida.

— Sangue.

— Está tudo bem, tudo bem. — Mamãe fecha os olhos e um tempo que parece muito longo passa. Me pergunto se ela dormiu. Quando vou gritar pra acordar a mamãe, os olhos abrem. — Chega mais perto.

O sangue está no pescoço e na camiseta, que está rasgada, e ela não parece a mamãe e sim uma boneca. Uma boneca que ela tinha quando era um bebê, com pálpebras que abriam e fechavam, e um olhar que só vai pras paredes e não pros seus olhos. A pele da mamãe está suja, e quando passo a mão tem uma textura de maçã.

— Está tudo bem. Chega aqui pra conseguir me escutar.

Eu me agacho e ela ainda é a mamãe. Percebo que está gelada, mas tem o cheirinho da mamãe. Coloco minha bochecha perto da dela e me sinto melhor, porque os fantasmas não vão aparecer enquanto eu estiver por perto. Ela não precisa falar com eles nem fazer uma dança fantasma e acender as luzes. Os fantasmas simplesmente sabem dessas coisas.

Então sento com a bochecha encostada na dela e estou finalmente segura. Começo a sentir as lágrimas quentes brotando por causa de toda a gritaria. Estou com fome e cansada, o Coleman não foi nada legal e o papai está tão zangado que foi embora. E as lágrimas quentes saem, meleca também, minha respiração entope porque estou tão feliz por estar segura agora e poder colocar minha bochecha na da mamãe. Ouço um pequeno fungado, abro os olhos e vejo que os dela também estão cheios de água. Fico vendo um encher e então deixar a água escorrer pro lado até cair pelo rosto e chegar no cabelo dela. O cabelo da mamãe é amarelo e vai até as plantas e brilha mais que uma folha. Ela tem olhos azuis que nem os meus, mesmo com todo mundo dizendo que o Grude é mais parecido com ela, então quando eu olho nos olhos da mamãe é como se visse como os meus olhos se parecem na minha cabeça. Mesma cor. A gente checou no espelho do banheiro, comigo de pé na pia e ela me segurando pra eu não cair. A gente se inclinou e olhou pros nossos olhos de perto. A cor deles é chamada de azul, mas parece mais com cinza com um pouco de azul-escuro nas bordinhas e mais claro no meio. Quer dizer, não tanto no meio quanto na parte preta, que é um buraco onde dá pra ver o outro lado. O Grude tem os mesmos olhos também. Nós temos os olhos da mamãe na cabeça. Ela olha pra mim sem limpar as lágrimas, o que ela normalmente faz, mesmo que não chore muito.

Mas quando chora ela limpa as lágrimas rápido pra eu não ver e talvez acho até que esconde elas pra que ninguém saiba o segredo dela chorar. Agora está chorando e não tenta limpar as lágrimas pra esconder o segredo de mim.

— Cadê o Alex? — sussurra ela.

— Eu não sei.

— Você viu ele? — Os olhos dela se reviram na cabeça.

— No Coleman.

— Ele está lá?

Quero que a mamãe use sua voz normal, não um sussurro que faz parecer que engoliu um tronco, e quero que coloque os braços em volta de mim pra um abraço e colo e quero ouvir uma canção.

— Por favor, Anna. Veja isso pra mim.

Olho na direção da barraca. Está com um grande rasgo, o que explica por que o papai estava gritando. Ele não gostaria nem um pouco de um rasgo na barraca. Pelo rasgo eu consigo ver alguma coisa se mexendo. Está dentro da barraca, empurrando coisas.

— Tem alguma coisa na barraca.

— O quê? — diz mamãe rápido. — O que é?

Olho mais um pouco e o lado da barraca se agita um pouco e tem um bocado de tecido batendo. Não sei o que tem lá dentro, aí vejo a cabeça pequena e redonda do Grude olhando pelo rasgo.

— O Grude está brincando na barraca.

— Ah, graças a Deus. — Ela está meio engasgada. — Ele está bem?

— Não.

— Está machucado?

— Não. Ele fez cocô.

— Graças a Deus.

É engraçado que ela diga graças a Deus pelo cocô do Grude. Normalmente ela dá de ombros e diz que ele devia se lembrar de usar a privada, porque em breve vai fazer 3 anos e essa já é uma idade de privada. O cocô dele é que nem cocô de alce, grande demais pra fralda e nojento. Mas ele esquece e quer uma fralda. E isso quer dizer que ele ganha abraços e carinho da mamãe. Aí eu tenho que ir e pegar uma fralda nova e de vez em quando lenços e uma sacola pra colocar tudo no lixo, e nada de carinho pra mim. Mamãe diz que ele vai aprender quando estiver pronto. Eu não acho isso, porque ele quer todos os carinhos pra ele. Sempre.

— Você precisa trocar a fralda dele — digo, porque é isso que geralmente acontece.

— Não — diz ela, tão baixo que quase não escuto.

— Vou pegar uma fralda.

— Isso não importa.

Mas eu sei que importa, porque sempre importa.

— Seu pai está...?

— Papai está zangado.

— ... contigo?

— Ele está tão zangado que foi embora.

— Consegue ver ele?

— Ele disse pra ficar no Coleman. Fiquei por um bom tempo, mas o Grude fez cocô e fedia muito, então a fechadura abriu e não...

— Está tudo bem — diz mamãe, que então fecha os olhos por tempo demais. — Escute. Preciso que me escute. Preciso que você seja corajosa, Anna, está me entendendo?

— Sim. Com o cocô?

— Preciso que tire seu irmão da ilha. Não é seguro.

— A gente vai pra casa?

— A canoa. Coloque ela na água. Pegue seu remo.

Não respondo. Vejo sangue no pescoço dela.

— Consegue ver? — pergunta mamãe.

— Ver o quê?

— Alguma coisa ruim?

— Sangue.

— Além de sangue?

Fico pensando e talvez seja o cocô do Grude, ou que eu saí do Coleman e da escuridão, mas uma das coisas ruins sai da minha boca:

— O cachorro preto.

— Sim, fique longe do cachorro preto.

— Ele dá medo.

— Empurre a canoa e o remo, que nem eu te mostrei.

— Um, dois, três, quatro.

— Assim mesmo, Anna. Coloque seu irmão na canoa e vá pro meio do lago.

— Vem também.

— Não. Vou ficar aqui.

— Não. — Balanço a cabeça.

— Machuquei o pescoço. Não posso me mexer.

— Quero ir pra casa.

— Entre na canoa e reme pra longe. Espere a gente.

— A gente pode ir pra casa?

— Anna. — Ela diz isso com uma voz séria e engasga, como se suco de laranja tivesse descido pelo buraco errado.

— Papai está zangado — digo.

— Não. Faça isso pelo papai. Ele te ama.

— Então ele não está zangado?

— Por mim. Por nós dois. Entendeu?

— Quero ir pra casa.

— Vá, Anna — diz ela, em sua voz séria.
— Sim, mamãe.

E a voz séria é pra quando tenho que arrumar os brinquedos, mesmo que o Grude tenha espalhado a maior parte deles pelo chão e eu só tenha espalhado alguns. Os caminhões dele vão pro cesto dos caminhões, mesmo sem eu ter tirado eles de lá, já que não gosto de caminhões, e mesmo com todos sabendo que são do Grude. Continua sendo meu trabalho guardar tudo no lugar. O pior é quando tenho que tomar conta dele, porque é meu irmão caçula, mas eu quero brincar de magia no castelo, e ele só sabe derrubar tudo de novo e de novo. Coloco a torre no castelo e ele faz um punho e derruba tudo, achando muito engraçado. Não é engraçado, e aí minha fada mágica perde o castelo. Não quero fazer coisas, mas a voz séria me obriga, porque não quero deixar mamãe zangada. Nem agora nem nunca. Sou a garotinha especial dela.

Mas não me mexo. Agacho e coloco minha bochecha de volta na da mamãe, porque mesmo sem estar quentinha ela é macia; não espeta que nem a do papai. E a Gwen quer bochecha também, então nós duas nos aconchegamos. As lágrimas quentes dela estão lá, e a Gwen usa a patinha dela pra limpar as lágrimas da minha mamãe, porque sabe que mamãe não quer que eu veja ela chorando. Mas agora ela não parece ligar. Mamãe está respirando pesado e abre os olhos e me vê, e eu sorrio, porque é bom sentar e ficar com ela me olhando.

— Anna, faça o que eu pedi.
— O quê?

Ela fecha e abre os olhos duas vezes.

— Leve seu irmão em um passeio de canoa.
— Só nós?

— Vai ser legal. Você é grande o bastante para remar, não é?
— Sim. — Fico orgulhosa e sento. — Você vem também?
— Papai e eu vamos seguir vocês.
— Logo?
— Quando for a hora, estaremos lá.
— Agora?
— Vamos esperar. Papai e eu estaremos lá.

8.

O Grude continua sentado na barraca. Está no saco de dormir da mamãe, e o cocô no pijama dele cheira muito mal.

— Vem cá — digo pra ele. — Tira o pijama.

O Grude não gosta do cocô, porque levanta e vem pra porta. Normalmente ele não faz o que eu digo, só quer dar ouvidos pra mamãe. Então, eu puxo a calça do pijama e elas descem um pouco e o cocô está lá dentro e me faz vomitar um pouco na boca, eca. Puxo de volta pra cima. O pijama tem patinhos nele e era meu, mas minhas pernas ficaram muito longas quando comecei a primeira série. As pernas do Grude são gordinhas e os joelhos me fazem rir. São massinhas de gordura e não têm aquele calombo. Vão direto pras pernas. Sentem cócegas também, e eu uso minha mão pra imitar uma aranha no joelho dele e fazer ela andar, o que faz o Grude rir.

— Ca-tó-gas — diz ele.

Essa é uma coisa muito grudesca. Ele não fala normal como todo mundo, usa uma língua secreta só dele. Mamãe, papai e eu sabemos o que as palavras querem dizer, como essa que significa cócegas. Quando a gente encontra um adulto ou vai numa festa, às vezes tenho que explicar o que o Grude está dizendo, já que falo a língua secreta e os outros não. Uma vez a gente estava comendo picolés com a Sra. Buchanan e o Snoopy estava preso pra não lamber a cara do Grude. O picolé do meu irmão pingou e então caiu. A Sra. Buchanan pegou uma vasilha e colocou um picolé novo lá dentro pro Grude não derrubar de novo. Ele não toca em picolé com os dedos, nem mesmo os picolés rosados, porque são gelados, mas em vez de dizer isso ele fala: "Eu quero balhar."

A Sra. Buchanan não sabe o que é balhar e pensa que o Grude está falando sobre papai indo trabalhar, porque ele atravessa o portão de trás pra pegar o carro. Meu irmão não sabe como é ir pro escritório, então pensa que o papai vai e fica escondido atrás do portão o dia todo. Quando quer ver o papai durante o dia, ele abre a porta dos fundos e chama. Pensa que o papai para de se esconder nos arbustos no fim do dia e volta pela porta dos fundos. A Sra. Buchanan sabe disso, então, quando o Grude pediu balhar, ela achou que estivesse falando sobre o papai voltar pra casa e respondeu que ainda demoraria uma hora ou duas, porque ainda era o meio da tarde. Eu falo grudês e sei que balhar é tipo "talher". O Grude chama tudo o que usa pra comer de talher.

E "picoca" quer dizer que ele quer "pipoca", mas isso qualquer um pode adivinhar. Quando está de meias e quer ficar sem, o que sempre acontece no verão, ele diz: "O joelho tá preso." Isso significa me ajuda a tirar minhas meias, mas na cabeça dele os tornozelos e joelhos estão misturados. Ele às vezes pede "a late" e mamãe sempre acha que ele quer a lata de biscoitos, mas na verdade é chocolate. Mamãe acabou entendendo antes de eu traduzir, mas demorou uns dias, e eu fiquei preocupada que o Grude fosse ganhar biscoito e eu não, então me escondi atrás do balcão e fiquei olhando. Tem mais algumas palavras que eu sei e que outras pessoas não. A Sra. Buchanan não fala grudês e eu falo, então sei de tudo isso, mas naquela hora eu estava cansada demais pra explicar e, se fosse fazer isso, acabaria não comendo o meu picolé. Tinha que comer depressa, porque era verão e ele estava derretendo. Era roxo, com dois palitos. Eu peguei os dois palitos e não precisei dividir com ninguém, porque a Sra. Buchanan diz que tenho boas maneiras.

— Quer andar de barco? — pergunto pro Grude.

Ele olha pra mim e acena com a cabeça e diz:

— Mamãe.

— Vem.

Mas ele não sai do lugar. Senta no saco de dormir da mamãe, deixando cair cocô nele, e agora vai estar encrencado por isso, então finjo não ver porque senão posso ficar encrencada também.

Quero a mamãe. Levanto, olho e vejo o pé dela lá nas plantas. Não quero ir num passeio de canoa, mesmo que isso queira dizer que sou crescida, já que posso ir sozinha.

— Não quer — diz o Grude.

Piso com meu pé descalço e as agulhas não tão nem aí; espetam o meu dedinho. Meus pés estão no meio da bagunça e eu não gosto disso. Quero fazer tudo não virar uma bagunça, mas tem muita coisa pra saber o que fazer com todas elas. Olho ao redor e fico brava e vejo uma bolsa vermelha. Tem uma cruz branca e grande nela, e eu sei que tem band-aids lá dentro. Não posso usar um band-aid, nem Grude, só se tiver sangue. Mamãe está com sangue e precisa de um band-aid, então abro a bolsa vermelha e lá tem uma sacola que é difícil de abrir. Faço um rasgo. Isso é ruim, porque agora água pode entrar nela se a canoa virar. Mas a sacola está seca agora, então o papai talvez possa remendar ela antes da gente entrar na água. Meto meus dedos no buraco e encontro um band-aid.

Vou levar ele pra mamãe, pra dar um jeito no sangue. Ela não pode ficar brava, porque isso é uma coisa boa de fazer. Pego dois, porque tem muitos cortes. Atravesso toda aquela bagunça pra chegar no pé da mamãe, e ela continua deitada como se estivesse numa cama, mas na verdade são só plantas.

— Trouxe um band-aid pra você.

Mamãe não responde. Os olhos ainda estão fechados e ela está dormindo. Me agacho e coloco a bochecha na dela de novo porque é a melhor coisa de se fazer. Deixo minha bochecha lá e não falo nada, e depois de um minuto os olhos se abrem. Sei porque meu olho está bem no dela e os cílios me espetam.

— Ai. — Eu me sento.

— Ah, Anna — diz ela, em um sussurro bem leve. — Seja uma boa menina.

— Eu trouxe um band-aid pra você.

Ela não parece contente ou como se quisesse dizer obrigada. Seguro os dois band-aids perto do olho dela e mamãe me vê rasgando o papel de um deles. É difícil tirar o band-aid do papel, mas a mamãe não pega ele de mim como ela faz pra ajudar, então rasgo sozinha. O primeiro rasgo quer dizer que eu posso puxar a parte de dentro e fico feliz por isso.

— A canoa, Anna. — Ela suspira pesado. — Por favor... seja uma boa menina.

Mamãe fecha os olhos e coloco o dedo na bochecha dela, mas ela não abre eles de novo. Parece bem cansada. Ou talvez seja como quando mamãe fica doente e eu tenho que pegar o Grude e não acordar ela. A gente pode ligar a tevê, mesmo sem ser sábado ou a hora da tevê. A gente brinca de se vestir no closet e coloca os saltos da mamãe. O Grude usa os pretos, porque os vermelhos são os melhores e brilham. Eu penso no Grude com a gravata do papai e os saltos pretos da mamãe e com o passarinho de fora, porque estava pelado, mas também penso no cachorro preto e minha barriga fica toda revirada.

— Mamãe? Mãe?

Ela parece zangada.

Tem um mau cheiro no ar e eu não gosto dele. Faz minha barriga revirar ainda mais, e penso na bola de bacon da boca do Grude de novo. Quero fungar na Gwen, mas ela não está na minha mão. Olho por aí e vejo que o Grude está sentado na porta da barraca, segurando a Gwen, e não gosto disso também.

— Grude! — Piso forte pra ele saber que estou brava e pego a Gwen de volta. É fácil, porque os braços dele são só gordura e não músculo, então pego a Gwen e fungo pra ter certeza de que ela está bem. O Grude tenta pegar de volta, mas eu levanto e seguro ela em cima da cabeça, onde ele não consegue alcançar. Quero que a mamãe venha e tire ele daqui porque a Gwen é minha. Olho e vejo o pé da mamãe nas plantas. Ela quer que eu coloque o Grude na canoa. Se conseguir fazer isso, então serei sua menina forte, papai vai voltar pra família mesmo que nada tenha sido minha culpa, e eu vou poder deixar tudo melhor se for uma menina muito boa, o que eu sou.

— Vem, Grude — digo, ainda segurando a Gwen longe.

— Não.

Dou alguns passos na direção da canoa.

— Vem.

— Dá. — Ele aponta pra Gwen.

De jeito nenhum, mas eu olho e mamãe ainda está lá. Seguro a Gwen porque estou tentando fazer o que a mamãe pediu.

— Quer a Gwen? Vem pra canoa.

Os olhos do Grude abrem e ele pensa que é bem sortudo. Então fecham um pouco porque sabe que eu nunca nunquinha daria a Gwen pra ele. Acho que ele pensa que vai chegar pra pegar a Gwen e vai ganhar um murro em vez disso. Eu bem que gostaria de dar um murro nele, já que estou brava com a mamãe por me fazer levar ele pra canoa. Fico zangada e não vou dar a Gwen. De jeito nenhum. Puxo ela de volta e fungo, e o Grude senta com as costas voltadas pra porta da barraca porque sabe que não vai conseguir botar as mãos gordas dele na Gwen. Ele nem sabe dizer o nome dela direito. Quando peço pra dizer o nome ele diz "Glen", e eu falo que está errado e que ele esqueceu o W. Então ele diz "wow", que também está errado.

O bumbum do Grude está de volta no saco de dormir da mamãe e eu não vou conseguir tirar ele dali mesmo que a mamãe tenha me mandado fazer isso. Chuto o chão e meu dedo acerta alguma coisa. Ai. É a lata. Eu pego ela e sei que é a lata de biscoitos. Agora tem um bando de furinhos nela e um amassado. Deve ter sido o Grude tentando pegar um biscoito. Vejo que ele está me encarando e deve muito querer um, porque a língua dele sai da boca e lambe os beiços. Eu balanço a lata.

— Biscoito?

Ele faz que sim com a cabeça.

— Vem. — Seguro a lata e balanço e começo a andar na direção do lago. Estou chamando ele que nem o Snoopy, segurando o presentinho e deixando minha voz fina, diferente de como eu falo, pra ficar parecendo mais uma menininha simpática. — Vem cá.

O Grude levanta e coloca um pé na bagunça. Ele tem que dar a volta em uns ovos quebrados e um pote de geleia tampado. Que sorte! Se estivesse destampado, o Grude teria parado pra meter os dedos lá dentro e lamber. Ele lambe a geleia que fica na tampa e a gente reveza quem é que vai lamber quando chegar um pote novo pra abrir pela primeira vez. O Grude sabe que não consegue destampar pote sozinho, então, quando eu vejo ele olhando pra geleia, agito os biscoitos de novo.

— Aqui, Grudento! — chamo ele que nem chamo o Snoopy.

Ele percebe que é a minha voz de Snoopy, porque bota a língua pra fora e coloca as mãos pra cima perto do peito, curvadas que nem patinhas. O Grude gosta do Snoopy e fica com ciúme porque brincamos juntos, então inventou um cachorro que vive na cabeça dele.

— Au-au — late ele.

— Bom menino, Grude. Vem.

Ele continua a seguir e eu ando pra trás até meu calcanhar bater na canoa e fazer um baque no metal. Ai.

Olho pra canoa. Metade dela está flutuando na água e metade, num pedaço de terra que está virando água. O remo do papai está caído na terra. Eu penso ai porque ele está quebrado. A parte longa de pegar rachou bem no meio e isso vai deixar o papai muito zangado. Mamãe deu o remo pra ele pelo Papai Noel, e outro homem deixou o remo do tamanho certinho pra ele. Tão, tão zangado. Mas não fui eu que quebrei, e vou precisar de um remo, então pego o lado da canoa pra empurrar com uma mão só. A canoa não se mexe. É que nem quando coloco as mãos no carro na garagem e tento empurrar. Não consigo levantar nem empurrar o carro, e o papai diz que a maioria das pessoas não consegue. Nem mesmo um homem grandão. Ele diz que, uma vez ou outra, pessoas pequenas conseguiram mover carros quando queriam salvar uma pessoa, que nem o Super-Homem. Elas ganham poderes especiais e conseguem mover coisas que não conseguiam antes. Então, eu fecho meus olhos e penso num raio laser vindo pra minha testa e os poderes especiais entrando na minha cabeça até o laser descer pro meu peito, depois pros braços e pernas, então respiro fundo e empurro.

Nada acontece. A canoa está emperrada demais mesmo pra poderes especiais. Papai puxou tanto que ela não vai boiar. Ele devia vir e me ajudar.

— Papai! — digo.

Ele não grita de volta pra dizer um minutinho e também não vem. Tenho que pedir pra mamãe fazer a maioria das coisas. Estou quase dizendo pra ela vir me ajudar com a canoa quando vejo um pé. O Grude começa a latir na minha cara e coloca as mãos na lata e puxa. Mando ele cair fora e tento empurrar a canoa com minha perna, mas está presa. Empurro o Grude e tento de novo, mas não dá. Está presa e preciso do papai. Quando empurro junto com o papai, ela desliza na areia. O Grude cai e faz poim na areia com o bumbum e parece zangado. Que nem quando foi mordido pela abelha e ficou com o rosto todo vermelho e inchado. Ele berra e levanta e vem com tudo pra cima de mim. Quer a lata. Jogo a Gwen na canoa pra ela não rasgar. O Grude pega a lata e se vira pra fugir. As pernas dele dão vários passinhos, mas tenho que dar só dois pra passar meus braços ao redor do Grude e colocar meu queixo em cima da cabeça dele. O pé do Grude fica pra trás e se enrola nos meus e a gente cai. A lata é que nem batata quente, só que com nós dois querendo ela, que está debaixo da barriga do Grude, no chão. Então preciso girar ele e pegar a lata de volta. Boto as mãos nela e volto pra canoa, e ele vem junto pra tentar pegar tudo de novo. O Grude está zangado e não chora, só grita e rosna.

Seguro a lata em cima da cabeça. Ainda preciso forçar o Grude a fazer as coisas. Ele não para, mostra as garras e arranha minha cara com força. O Grude é pequeno, mas sabe ser cruel, e não é pra gente ser bruto, mas ele não está nem aí. Grito porque sinto sangue na minha bochecha e pulo com a lata no meu braço estendido lá pra cima, onde ele não alcança. Mas o Grude continua me arranhando. Ele está me machucando, e grito pra parar, mas ele não para, então eu jogo a lata. Meu irmão continua, porque não percebeu que eu não estou mais com a lata, e ouço cleng--cleng-cleng, o que faz a gente parar. Nós dois olhamos por ali e vemos que a lata está lá na parte da frente da canoa, na frente do banco da mamãe.

O Grude me dá um empurrão e pega na borda do barquinho. Sei que ele quer os biscoitos e não liga pra nada, mas a minha cara dói e eu coloco a mão no arranhão. O Grude bota a barriga na lateral da canoa e vai de cabeça pra dentro. Puxa a borda e desliza de barriga e a canoa quase entorna, mas só quase, só o corpo dele balança lá dentro. A cabeça do Grude está no chão e as pernas vêm logo depois, mas ele não liga, porque só liga pros biscoitos. Então se levanta e fica de costas pra mim, e vejo que ele está com a lata nas mãos, tentando abrir. Nem ligo mais, porque minha bochecha dói e meus sentimentos também. Coloco uma mão na canoa. Sinto minha mão na canoa subir um pouquinho.

E, espera um pouco, a canoa está solta na areia; dou um passo pra frente e ela vem comigo, então de repente a canoa está nadando. O bumbum do Grude fez a frente do barco boiar pra longe da terra. Fico animada, porque consegui botar a canoa na água e não achei que ia conseguir. Nem precisei da ajuda do papai ou da mamãe. O Grude está sentado no assento da mamãe e fica lutando com os biscoitos, tentando abrir a lata, então tento passar minha perna por cima da borda da canoa. Não consigo, porque agora ela está nadando bem alto. Consigo puxar o barco com facilidade e vejo uma rocha ali perto que nem a mamãe me mostrou. Puxo a canoa pra rocha e o Grude não tá nem aí, porque ele só está pensando em biscoito biscoito biscoito. Piso na rocha, e é uma boa escolha de rocha, porque não está escorregadia. Meu pé fica bem firme. Escalo o lado e chego no meio bem como devemos fazer pra canoa não entornar. A calça do pijama cai um pouco e meu cofrinho está de fora, e tenho que puxar tudo pra cima. A canoa balança, mas não muito, e a gente boia um pouco. Olho pra água e me pergunto cadê o remo? Não tenho um colete salva-vidas e isso é mais um problema. Procuro um ponto vermelho e não tem salva-vidas no chão. Preciso de um remo. Olho de volta pra areia e tem um remo caído bem ali. Primeiro acho que são dois, mas é um só quebrado. Lembro que o remo de papai quebrou. Ele vai ficar muito zangado.

— Abre — diz o Grude.

Meu irmão sorri pra mim e eu sei que ele quer ficar meu amigo só porque não consegue abrir a lata. Está com a mão nela, com um dedo gordo tentando raspar o lado da lata pra abrir. Isso me lembra do guaxinim que aparece e rouba nosso lixo. Ele consegue abrir todas as latas, até a caixa de madeira onde o papai coloca todo o lixo e se esquece de trancar. De vez em quando, o guaxinim se esconde dentro da caixa e espera papai aparecer bem cedinho, de manhã, quando ele está meio dormindo e meio acordado, com o rosto barbado e sem óculos. Papai abre a caixa e o guaxinim pula e diz bu! Eu olho pela janela e vejo o guaxinim fugir com uma máscara preta no rosto, rindo por causa da piada de assustar o papai. Uma vez, vi o guaxinim abrir todo o lixo e fiquei encrencada porque não avisei, mas ele era muito bom com o lixo. Tinha uns dedinhos que entravam em qualquer coisa e quando precisava abrir uma tampa podia usar a unha pra fazer um furo, aí puxava e comia tudo o que estava dentro. Tem alguns furos na lata de biscoito, mas as unhas do Grude não entrariam pra puxar a comida. Mesmo do outro lado da canoa, consigo ver que o Grude se daria melhor com as mãos de um guaxinim. As dele são gordas e não servem pra nada.

— Abre — diz ele.

Fico só sentada lá, porque a canoa é longa e pontuda, e não sinto como se tivesse força pra ir até lá.

— Abre agora.

O Grude está tentando fingir que é o chefe, mas não é. Ele está usando a voz de papai e empurrando as sobrancelhas pro meio do rosto como se isso fosse fazer eu me mexer. Quero um biscoito também, talvez, mas estou cansada e tem um vento que faz meu cabelo esvoaçar, parecendo um pouco com a sensação dos dedos da mamãe, então não quero sair do lugar.

— Nana. Abre, Nana.

Olho pela borda. A canoa é feita de metal e tem a cor de dinheiro se o dinheiro não fosse um dos brilhantes, só que mais velho, aqueles com castores. Ou que nem o que meu vovô me deu, com a cabeça de um homem que eu não conheço. A borda da canoa sobe e desce um pouco, ou a água está mexendo como se nos balançasse, e isso é legal também. O sol está sorrindo e a água brilha dizendo oi quando eles se encontram. Meus olhos brilham também e isso é legal, então ignoro o Grude, que está agitado na outra parte da canoa. Encaro a água que ondula em todo lugar que nem a pele de um peixe, ou como um montinho de areia, só que não da cor da areia, mas mais suave e brilhando como um peixe. E talvez tenha uns cem peixes nadando embaixo da superfície, todos com as costas pra cima, pra que eu veja eles nadando pela água e embaixo da canoa, até levantarem o barco e eu e o Grude sermos carregados nas costas deles. Aí eles vão nos levar pro castelo de peixe que tem uma rainha peixe maior que todo mundo, e ela vai dizer bem-vindos pra gente e vai dar chocolate e dizer oi e quem sabe depois teremos um pouco de leite achocolatado também.

Mas no reino dos peixes a gente não consegue respirar na água, então tem bolhas em toda parte, e um peixe coloca uma bolha nos meus lábios com o nariz e, quando essa bolha acaba, outro peixe vem com uma nova. Digo obrigada, não sei se é o mesmo peixe que trouxe a bolha de antes, então é bom dizer obrigada de qualquer jeito pra não ofender ninguém. O peixe diz de nada e inclina o nariz dele pra mim. Acho que ele quer boas maneiras, então dizer obrigada talvez me faça ganhar mais presentes.

Peixes não gostam de chiclete. Uma bolha grande de uva sai voando da minha boca e acerta o peixe bem no nariz, então de repente todos se viram pra mim e eu puxo minha varinha mágica e bato bato bato. A luta com os peixes significa que eu tenho que continuar lutando e batendo neles com a varinha. A batalha fica maior, e um polvo que é meu amigo vem me ajudar, com muitos braços e todos batendo batendo batendo tanto que a canoa começa a se agitar, porque todos os peixes estão criando dentes enormes e abrindo as bocas pra pegar a gente. A borda da canoa se inclina e vejo um peixe que está tentando derrubar eu e o Grude na água pra gente não ter mais bolhas pra respirar, então preciso bater ainda mais com a varinha mágica! Digo "Atacar" e falo o feitiço mais forte, então ouço um som alto e fino que é a eletricidade do feitiço. Aí ouço o som de algo rolando e olho pro outro lado da canoa e é quando vejo o Grude levantando.

O Grude está pegando a lata de biscoitos que ele derrubou e que fez aquele som alto e fino. Ele coloca a lata debaixo do braço e, diferente de antes, quando estava sentado no bumbum, do jeitinho que a gente deve ficar, agora ele está de pé na barra que divide os assentos, tentando passar uma perna e segurar a lata ao mesmo tempo.

— Senta, Grude — digo, porque ensinei truques pro cachorro na cabeça dele.

Ele não liga. Não vai ouvir com o cachorro interior. Só quer passar pela barra pra eu poder abrir a lata e ele comer todos os biscoitos. Não quero que coma todos, não é justo. Ele passa uma perna pela barra, mas é difícil ficar de pé segurando os biscoitos. O Grude cai pra trás um pouco e puxa o corpo pra cima, então cai de novo porque a cabeça dele é grande feito uma bola de basquete, que faz peso e atrapalha toda hora. Os biscoitos fazem cleng na canoa e a cabeça do Grude faz pá na borda e eu penso o-oh, vai sair sangue. Olho pra borda, pra ver se tem sangue, e vejo que tem água lá e me lembro do exército dos peixes. Não tem peixes, mas a água está bem na borda e o Grude está encolhido que nem uma bolinha no fundo do barco, com uma das pernas presa e enganchada na barra e a outra solta. A gente está quase balançando no barco.

Coloco minhas mãos no outro lado. As duas estão na borda da canoa, então separo bastante meus joelhos e penduro a cabeça. Deixo a cintura no lugar, mas agitamos pro outro lado e eu me inclino. Foi o que a mamãe me ensinou a fazer enquanto sentava na canoa e tentava fazer tudo balançar. Eu tinha que parar isso ficando no lugar, e ela tentava de novo e de novo. Ela é bem maior que eu, então depois de um tempo a gente ficava balançando na água e molhando, e aí ela me agarrava e a gente ria.

— Senta, Grude — digo com a voz do papai, empurrando minhas sobrancelhas pro meio da cara.

Olho pela barra e ele ainda está encolhido e chorando.

— Vai lá pro meio.

É uma das maiores regras da família. Quando papai e mamãe estão empurrando a canoa e mamãe guia a gente de trás e papai faz força na frente, o Grude e eu sentamos no meio. Posso sentar no Coleman porque sou melhor em ficar parada lá em cima, e o Grude senta na mochila com as roupas, que é toda mole. De vez em quando eu queria sentar lá, porque o Grude sempre consegue as melhores coisas. Mas na verdade gosto mais de ficar atrás, porque aí a mamãe conversa comigo na voz baixinha dela. Podemos colocar as varas de pescar na água e até brincar com Lego, mas a gente não pode se levantar se quiser ficar no meio do barco.

Eu me inclino e olho pra água, então bato nela e ela bate de volta na minha cara. Pulo pra dentro de novo e pego na outra borda, coloco meus joelhos pra fora e estamos balançando tanto que meus dedos começam a encostar no lago. A gente fica se agitando de um lado pro outro e eu vejo que o Grude rolou pro meio do barco que nem um bom menino. A perna ainda está enganchada na barra, mas agora ele está caído nas costas e com o pijama todo molhado, porque ele está deitado na água que entrou no barco. Minha cara está molhada também. E meus dedos. Espero até a canoa parar de balançar.

— Fica aí, Grude — digo.

— Tá.

— Bom menino.

O Grude bota a língua pra fora, mas não brinca.

Consigo ver que tem um galo vermelho na cabeça dele, sem sangue. Ele parece triste, caído de costas na água que entrou na canoa e com o pé pra cima. Coloco minhas mãos nas duas bordas e ando até ele. A lata está boiando ali perto. Pego ela. Tem água cobrindo o meu pé, e não temos as latas sem rótulo onde costumavam guardar tomates e que a gente normalmente usa pra tirar água do barco. Ajudo o Grude a se levantar e percebo que a parte de trás do cabelo dele está toda ensopada, parecendo uma barbatana na cabeça dele.

— Sou a rainha e mágica e você está no exército dos peixes — digo.

— Peixinho.

— Tá bom?

O Grude acena com a cabeça, encarando a lata de biscoitos e pensando que talvez eu leve ela embora. Coloco meus dedos dentro da lata, que está escorregadia e molhada. Sinto um pouco de vontade de ter garras agora pra poder meter uma no furo que não estava lá antes quando saímos do chalé. Eu afanei um biscoito quando a mamãe não estava olhando. Ela encontrou a lata sem tampa porque eu esqueci de colocar de volta, porque o biscoito estava tão gostoso que eu precisava comer na hora. Mamãe olhou pra tampa do lado da lata e colocou tudo no lugar. Depois olhou pra mim, sorriu e disse: "Um urso deve ter encontrado nossa lata de biscoitos." Eu sorri e dei de ombros pra tentar disfarçar a verdade. Agora consigo tirar a tampa e, uau, sinto o cheiro dos biscoitos e cascas de chocolate. Meto um na boca e dou outro pro Grude. Ele está finalmente comendo um biscoito, em silêncio, e a gente está sentado com água chegando à altura dos tornozelos na canoa, e nosso bumbum está ensopado.

9.

Como muito biscoito e fico meio mal do estômago. Me viro e olho de volta pra ilha. A areia ficou pra trás, pequenas ondinhas empurram a gente e o ar está parado, sem vento. A canoa está boiando. Preciso do remo da mamãe pra fazer a gente voltar rápido pra ilha.

— O passeio de canoa acabou, Grude.
— Tá.

Quero voltar pra ilha, pra ficar com a mamãe até o papai voltar. Procuro o remo que ela estava usando da parte de trás pra fazer a canoa não se desviar do caminho. É um remo dourado, com couro no cabo pra ser mais macio de pegar. Tem um cara parecido com uma águia estampado na parte plana do remo, que a mamãe diz que é feita pra funcionar como um rabo de lontra, muito boa em empurrar água e nadar. O remo da mamãe faz o barco seguir o caminho em linha reta.

O remo do papai é alto que nem ele, e a mamãe que ensinou pra ele como remar. Tem uma cauda bem, bem longa, com uma cor mais pro amarelo. O Grude e eu temos remos pequeninos e iguais, mesmo eu sendo mais velha, mas em breve vou ganhar um remo maior feito pelo homem de nome engraçado. Kettlewell. Todo mundo vai ter orgulho de mim por estar grande e poder fazer a canoa ir mais rápido. Vejo que não tem remo nenhum na canoa. Esqueci. Eles ficaram na ilha com a mamãe, e quero ver ela. Fiz o que me pediu, fui com o Grude pra um passeio de canoa, então agora vou voltar pra ver a mamãe e o papai vai estar lá também. Vou pegar os coletes salva-vidas, porque me esqueci deles. Aí a gente vai subir todo mundo na canoa com os coletes e os remos e o Coleman e ir pra casa. Meu bumbum está molhado e já acampei o bastante, então ir pra casa é o melhor a fazer. Me lembro da minha cama, que é meu lugar favorito, e mal posso esperar pra subir nela. Estendo o braço pra pegar a Gwen boiando, mas o pelo está todo molhado. Está mais pesada que o normal. Fico triste, porque não quero que a Gwen mude e fungar nela assim não é a mesma coisa. Dou mais um biscoito pro Grude e falo que ele vai ficar meio ruim da barriga também, mas ele não liga, pega o biscoito com a outra mão e começa a mordiscar. Tampo a lata de biscoitos e coloco ela no chão pra boiar pra onde quiser.

Vou ter que remar com as mãos pra pegar os remos e poder remar, e isso é engraçado. Falo pro Grude ficar bem no meio do barco.

— Tá bom.

Me mexo até chegar na frente pontuda da canoa, que é o lugar do papai, me sento e ajeito o peito que nem a mamãe me ensinou. Sinto o vento empurrando meu cabelo pra trás. Normalmente ele fica pra baixo na frente, com uma franja que de vez em quando cobre meus olhos. Mamãe faz o corte com uma tesoura especial que o papai não pode usar pra cortar os cachos do Grude porque só serve pra franjas. Agora minha franja está sendo empurrada pra trás pelo vento, e sinto ela indo pro lado, não como a da Jessica lá da escola, que tem tranças. Não quero meu cabelo assim, quero que nem o da Jessica, com uma franja brilhante, então empurro o cabelo pra frente e ele volta pra trás com o vento. O da Jessica fica pra frente e brilha porque a mãe dela sopra ar quente, usa uma escova que é parecida com um círculo e coloca brilho nas franjas com um spray que é diferente de água. Tem um gosto bem azedo, que nem uns docinhos que eu como, e, quando o spray entrou na minha boca, minha língua quis cair fora. Boto as mãos na franja de novo e agora elas estão molhadas de água e só um pouco caídas pra frente. Nada parecida com a da Jessica. Nada mesmo.

Eu me inclino e uso as duas mãos pra fazer uma conchinha. A sensação da água nelas é boa. Minhas mãos ficam brancas lá dentro, brancas e agitadas, e as ondas lambem elas. Hummm. Remo e olho pra cima, vendo que a areia está mais perto agora. Usar minhas mãos como remo, não um remo de verdade, está funcionando.

Vou consertar o remo antes do papai voltar, então quando eu entregar o remo de volta pra ele vai estar que nem quando chegou no chalé. Me inclino e boto minha mão na água e remo remo remo várias vezes. A água está ondulando do lado da canoa, então acho que estamos conseguindo nadar pra frente. Remo mais, e meu cabelo é empurrado pra trás da testa, mas a garota com tranças, Jessica, não está aqui e não pode me ver e rir, então continuo remando. Meus braços estão ardendo nas pontas, e minhas costas também. Tenho que parar um pouco e me estender na frente da canoa, com os braços pra fora, pra deixar a ardência escorrer pela ponta dos meus dedos. Ela escorre pelos braços e vai embora, daí consigo remar de novo. Remo remo remo e viro a cabeça pro lado de um jeito que minha mão entra toda na água e fica fácil remar como mamãe diz pra fazer com o remo pra ir mais rápido. Olho pra ilha, onde tem uma árvore que está chegando perto, então continuo a remar o máximo que consigo. Logo chega a ardência de novo e tenho que parar um pouco, para deixar ela escorrer.

Preciso de ajuda, então me viro pra perguntar se o Grude pode remar. Ele está sentado bem no meio da canoa que nem eu mandei, sem se mexer, porque está ocupado comendo o biscoito que dei. Ele come bem devagar, do mesmo jeito que come qualquer coisa com chocolate, pra que no fim das contas sobre coisa pra ele e não pra mim. Fico zangada porque ele está comendo todos os biscoitos e eu não.

— Me ajuda?

O Grude olha e levanta o meio biscoito, com chocolate lambuzado na cara, só pra mostrar que ainda tem um e eu não. Empurra as bochechas pra cima, pra sorrir. Tem duas pintas no rosto. Mamãe diz que, quando ele rema, só coloca a pontinha, e isso não ajuda em nada a deixar a canoa mais rápida. Às vezes até atrapalha. Quando ela disse isso, demos uma risadinha que o Grude não ouviu. Mas não foi uma risadinha maldosa, e sim porque o Grude é bem engraçado e parece um bebê quase o tempo todo, então não dá pra pedir pra ele fazer coisas difíceis e depois ficar zangada porque ele não fez, ou esqueceu, ou saiu andando. O Grude está mais pra uma mala extra. Mas uma mala fica no lugar e guarda nossas roupas. Já essa mala está molhada e comendo todos os biscoitos e me mostrando que ainda tem um pouco quando eu não tenho mais nada.

— Biscoito! — diz o Grude.

Olho pro remo quebrado do papai lá na terra e fico preocupada no coração. Não vejo o papai, e a mamãe disse pra botar o Grude na canoa e esperar. Uma pocinha de preto entra no meu coração também. Sei que a mamãe disse pra esperar. Eu devia botar o Grude na canoa e esperar, mas agora estou voltando. Estou sendo malvada. Quero ser boazinha, pra que o papai volte e minha família seja quatro pessoas de novo.

— Quer ir dar um passeio, Grude?
— Aham.
Sou boazinha.

Faço concha na água um monte de vezes, mas não consigo virar a canoa. Não sei o que fazer e fico preocupada por ser uma garota má de novo. Olho pro barco e penso que a mamãe disse que uma canoa é pontuda do mesmo jeito nos dois lados. Preciso dar um jeito de chegar aonde tem a ponta de trás e seguir o caminho por lá. Mas vai ficar difícil sem fazer o barco balançar. Coloco minhas mãos nas bordas e mexo os pés. Chego lá no meio só com um pouco de agito, mas aí preciso pisar nos biscoitos e no Grude e nos farelos dele. Finalmente estou na parte de trás da canoa, que agora é a frente. Me inclino na ponta e coloco meu peito ali. Faço conchinha com as mãos e remo remo remo, assim o Grude e eu vamos pro lago. Continuo a remar. Meus braços doem, mas eu remo mais. Vou em frente e, depois de um longo tempo, talvez pra sempre, acho que meu estômago fica ruim por causa dos biscoitos, e a canoa começa a balançar de novo, e de novo como o colo da mamãe. Estou cansada, porque o Coleman não me deixou dormir direito. O vento empurra meu cabelo, e meus braços ficam pesados da ardência, que dessa vez não quer escorrer da ponta dos meus dedos porque está muito forte e pesada. Ela fica parada no lugar. Então, tento continuar remando. Sei que a mamãe está bem orgulhosa.

Parte 2

*Arredores do Lago Opeongo,
Parque Algonquin, 1991*

10.

Eu ABRO os olhos e sonho que fui enlatada feito um peixinho. É um sonho, mas consigo enxergar. Mamãe está com os dedos limpos, e o pé dela está numa sandália que é de couro e se prende ao redor do dedo. Abraço sua perna marrom, tão lisa, e esfrego sua pele. Mamãe aperta a campainha da casa da Jessica e empurra minha mão pra longe. Abaixa a cabeça pra sorrir pra mim. A testa dela é lisa feito uma tigela e os dentes são como um piano sem as teclas pretas. Está usando um vestido muito bonito, e fico orgulhosa que ela seja minha mamãe e a Jessica vai ver. Ela não trabalha porque quer ficar comigo, assim a gente pode ir até o parque e ouvir música e então de vez em quando marcarmos um horário com outros pais quando queremos ver os amigos. Mas só de vez em quando, nem sempre. A porta abre e um short xadrez com pernas peludas aparece do outro lado.

A voz do Steven diz entrem. Steven é o pai da Jessica, o pai que fica em casa. Eu devo dizer "Oi, Steven", mas é difícil. Mamãe me dá um empurrãozinho que quer dizer seja educada. A Jessica está na escada e tem uma boneca na mão. Barbie! É uma Barbie que eu não conheço. Tento ver a Barbie, e a Jessica corre pra cozinha e some da minha vista. Mamãe dá uma risadinha e, quando olho, ela sumiu e a Jessica também, e agora só vejo a Barbie largada no chão. Vou até lá pra pegar ela, mas a boneca desaparece em pó mágico quando toco nela. Agora não consigo enxergar, então vou sentindo o lugar com as mãos. Sinto só metal, sem saber o que é.

Talvez seja uma lata como aquela que prende o atum ou a que o papai abriu uma vez e encontrou uns peixes deitados uns do lado dos outros que nem em uma festa do pijama. Eca. Os peixes nas latas têm espinha e às vezes até cabeça, e eu também, porque estou enxergando pelos olhos.

E dá pra ouvir respiração. Ela entra e sai e entra e sai. Então alguma coisa toca o meu pé, pequena e pontuda. Dou um pulo. Bato a cabeça e faz cleng. Ai. Vejo a ponta da canoa acima de mim. Estou caída no chão do barco e deslizo até o assento, vendo tudo molhado ao meu redor. Ajeito os pés, e a água faz blup. Olho pra lá, tentando ver o que me tocou, e dou com a cabeça do Grude, grande que nem a lua. É fácil saber que ele estava dormindo até pouco tempo atrás porque os olhos estão quase fechados. Vejo que a linha da canoa, onde tem pontos de metal amarrando junto as partes do barco, deixou a cara dele toda amassada.

— Biscoito? — pergunta ele.

Estou na canoa. O Grude está com a lata e veio até a minha parte do barco. É o nariz dele que está fazendo o som de respiração. Levanto e coloco minhas mãos uma em cada borda pra que a gente não caia por acidente na água, já que canoas balançam fácil. O céu está azul, e aqui faz um pouco de frio. Tem uma folha de grama do nosso lado, presa na água perto da canoa. Vejo gravetos todos cruzados uns nos, outros num montinho que parece as costas de uma tartaruga. Quando pisco, percebo que não sei onde estou, então penso em acampamento e lembro que levei o Grude pra um passeio de canoa que durou bastante. Talvez a gente esteja de volta agora. Procuro ver se sei que lugar é esse, mas não parece o mesmo, e aquilo do lado da canoa não é um casco de tartaruga. São gravetos e um bocado de lama, com grama crescendo em algumas partes. Nossa canoa está do lado desse montinho e por isso não balança mais tanto, mas ainda assim não gosto do Grude se mexendo lá dentro. Fico com medo de acabar me molhando.

— Vamos sair — digo.

— Biscoito?

Tiro a lata dele. O Grude berra.

Tento levantar e parece que a minha perna foi cortada fora por acidente ou de propósito. Ela fica sem se mexer por uns bons minutos. A água no fundo da canoa deve ter feito um estrago nela. Fica lá parada feito um pedaço de carne, com o meu pé parecendo o tênis do papai que eu vi mais cedo. Então começo a sentir dor ali e pego a perna e penso ai. Está formigando como se esfregassem um cacto nela, só que não tem nada disso na canoa. Quero sair pra fugir do cacto, porque ele machuca, então enfio a lata de biscoitos no casco do lado do barco e coloco as mãos nas bordas. Piso nos gravetos com a perna que ainda funciona. Meu pijama solta água como uma cachoeira por um minuto, então fica só pingando. Pinga pinga pinga com um som parecido com o de um relógio e que para quando piso nos gravetos. Eles pinicam também, mas não tanto quanto o cacto. Encontro um lugar bom pra botar o pé, então mexo a perna morta e fico agachada pra me apoiar no lado da canoa, como a mamãe faria.

— Vem, Grude — digo, levantando a voz como a da mamãe.
— Vem pra fora.

O Grude concorda com a cabeça e está encarando a lata de biscoitos. Ele se levanta. Deve ser difícil segurar na borda da canoa com esse bumbum enorme. A canoa balança, mas eu seguro ela no lugar. O Grude coloca a mão no meu ombro, pega um dos gravetos e puxa, mas é complicado, porque o bumbum dele é muito pesado. É ainda mais difícil com ele molhado também. Água cai do meu irmão como se fosse um riacho, então pinga pinga pinga. Seguro na canoa com toda a minha força e o Grude consegue levantar o bumbum e tirar ele do barco.

— Ai — diz, com os pés gordinhos nos gravetos.

Pego a lata e vejo que a gente consegue chegar na terra firme se sair da tartaruga e andar pelos gravetos até onde tem terra.

— Vem. — Agito a lata de biscoitos.

— Biscoito — diz ele.

Dou alguns passos e ai. Não gosto de andar nos gravetos. Estou com nojo, e meu coração de repente começa a bater forte porque penso cadê a Gwen? Olho pros lados e ali está ela, flutuando na canoa e olhando pro céu. Deve estar pensando que foi abandonada, que eu nunca mais vou voltar pra gente ficar junta e que a partir de agora ela está sozinha.

— Gwen. — Deixo a lata cair, fazendo cleng, e dou uns pulinhos, ai, ai, de volta pra canoa. Pego a borda e puxo o barco pra perto e estendo o braço, mas nessa hora a Gwen flutua pro outro lado. Preciso de um adulto pra segurar a canoa, ou braços mais longos como os do papai. — Papai! — grito, olhando em volta.

Não vejo ele e fico brava, porque é uma emergência. Papai sumiu, e preciso fazer coisas que não estou acostumada a fazer sozinha. Mas nessa aqui preciso de ajuda.

— Mamãe!

Ninguém vem. Meus pais estão zangados e foram embora. Eu deveria gritar só se fosse uma emergência, mas é, porque a canoa está se afastando da tartaruga de gravetos e isso me faz puxar o barco outra vez. Ela bate na tartaruga, que deve ter ficado zangada, porque chuta de volta e faz o barco se afastar de novo. Vejo a Gwen flutuando toda sozinha, então eu salto.

E quando caio a água na altura do calcanhar espirra pela canoa. Em um momento, minha mão está na Gwen ensopada, mas continuo indo direto e pam, bato meu nariz na canoa e acho que isso tira sangue. A batida faz um choque nos meus olhos, e eu agarro a Gwen e a gente continua a rolar. Sinto mais uma batida na cabeça quando sou empurrada pra dentro da água do lago, onde meu pijama me puxa pra baixo. Meu corpo está todo submerso e não consigo respirar, porque não pude contar até três antes de afundar, e bolhas saem da minha boca até de repente não ter mais nenhuma. Sinto a água entrando tão fundo no meu nariz que vai parar na cabeça, que suga toda a água e fica tão pesado que sou puxada pra baixo. Arrasto meus pés e abraço a Gwen com força. Não consigo nadar, porque tem água na minha cabeça, e posso estar caindo pra baixo ou pra cima, não sei. Vejo estrelas e pontos brancos se mexendo e me deixando tonta. Estou muito cansada, nadar não funciona, e chuto uma vez e depois não consigo mais.

Mas então alguma coisa me acerta na cintura e me levanta, e sei na minha cabeça que um golfinho veio me salvar com o nariz. Ele vai me empurrar até as rochas, ou vou ficar viajando nas costas dele pra gente poder ir pra longe e eu conseguir respirar. Mas o golfinho não me empurra, só coloca o nariz embaixo de mim e deixa lá. Ou talvez eu esteja caída em cima do corpo dele, porque tenho ar. Meu nariz consegue respirar. Seguro a Gwen pra cima, pro nariz dela respirar também. Olho pro meu braço fora da água e então percebo que não caí em um lago fundo, que na verdade estou sentada na terra debaixo da água. Meu bumbum está no chão. Ajeito a cintura e minha cabeça sobe na direção do céu, então respiro muito ar e isso me faz tossir. Meleca molhada sai do meu nariz, que limpo com a manga e mesmo assim não levo bronca. Coloco meus pés no chão. A água vai até as pernas. Levanto rápido, porque essa água é ruim e o chão está todo lamacento. Quando coloco meus pés ali, eles afundam. Lama nojenta.

Atrás de mim, o golfinho morreu. Ele me resgatou com seu último suspiro, como se eu fosse a rainha poderosa ou talvez mágica, uma fada com muita magia, nada de um pozinho qualquer. O golfinho rolou e está caído na lama do meu lado, mas na verdade é a canoa capotada. Não reconheci o fundo da canoa ao ver ele pela primeira vez, mas é assim que ele é. O barco rola devagar de volta pra posição normal, como se estivesse acordando de uma soneca. A ponta está cheia de terra, e tem uma água barrenta e marrom dentro. Parece uma banheira depois do banho, depois de eu estar bastante suja de jogar futebol na lama, como quando rolei pra conseguir dar um chute e não deu muito certo. Em vez disso, escorreguei pela lama, que subiu pelas minhas calças e saiu toda na banheira. Meu pai disse "Caraca" quando viu, porque ele não sabia que uma menina conseguia ficar tão suja. Fiquei orgulhosa porque consegui.

A lama tenta sugar meus pés. Puxo um e depois o outro, e o primeiro afunda de novo. Dou uma fungada na Gwen, mas ela está toda encharcada. Dou um apertão e ela chora um pouco de água e eu digo "Não se preocupa, Gwen, vou te salvar". Então puxo um pé e coloco perto de fora da água, tiro o outro e coloco mais perto ainda. A Gwen sai pra onde tem mato e lama e eu seguro ela perto de mim. Meus joelhos se libertam, então sento e abaixo a cabeça. Encosto meus olhos nos joelhos e deixo eles lá por um tempo. Gwen e eu estamos perto uma da outra e está escuro, por causa dos joelhos nos olhos, então não preciso enxergar. Sento e fico assim, com a bochecha da Gwen encostada na minha.

Não me mexo até ouvir um tinido. Olho pra cima e vejo que é a lata de biscoito. O Grude está sentado na tartaruga de gravetos perto da canoa banheira suja. Está sentado lá com a lata bem no meio dos pés, e as mãos idiotas e gordas dele estão tentando destampar a lata sem conseguir. Vejo que os gravetos e a lama fazem uma calçada entre a gente. Levanto e ando por cima dos gravetos pra chegar aonde ele está sentado. Os gravetos machucam mais quando eu chego mais perto, porque tem mais deles e menos lama. Mas eu chego até o Grude e ele olha pra mim com uma cara triste, porque minhas mãos são menos idiotas que as dele.

— Vem — digo.

Pego a lata do Grude, que uiva, mas então se levanta, e eu tomo a mão dele e puxo. Comigo puxando, ele me segue pelos gravetos até a gente chegar na terra.

— Ai ai ai ai — diz ele enquanto anda.

Os gravetos batem nos nossos pés e a gente tem que ir devagar porque as pernas do Grude são curtas. Fico com mais graveto nos pés porque estou indo na frente, e sei que se a gente fosse pulando seria mais rápido. O Grude não consegue e eu consigo, mas ele está agarrando a minha mão na dele, então tenho que esperar. Pisamos na terra, bem melhor. Deixo a minha mão na dele e vamos pra um lugar mais longe da água, onde está seco, o que não importa muito, já que nosso pijama está ensopado. A gente senta, eu abro a lata, dou um biscoito pra mim e um pro Grude e como o meu.

Um minuto depois, ouço bate bate bate. Acho que são os lábios do Grude, porque ele está comendo biscoito à beça, mas não.

Alguém está nadando no lago bem na nossa frente. Bate bate bate. Dá pra ouvir uma respiração pesada, como o nariz do Grude quando ele nada. Penso em um rato, porque posso ver o pelo, mas então o bicho nada mais e eu me lembro de olhar embaixo da água, como em um aquário de zoológico. Um castor. Levanto a Gwen pra ela olhar pro bicho e a cauda bate de novo. Sei que é uma castora. Ela nada ao redor em círculos e respira na água como se nadar não fosse difícil. Mas está zangada com a gente. Ficamos comendo mais biscoitos, cada um, até eles acabarem, então olho de volta pro lago. A castora está nadando em círculos de novo. Penso que a pilha de gravetos pode ser a casa dela, e ela não gosta da gente aqui. Ela bate a cauda na água de novo e o Grude olha pra mim.

— É uma castora. Ela está dizendo oi — conto pra ele, porque não quero que ache que a castora está zangada.

O Grude sorri e olha de volta pra castora nadando e levanta a mão:

— Oi, castora.

Ela bate a cauda de volta. O Grude acha que a castora está acenando, mas acho que ela não gosta tanto da gente e quer que a gente vá embora. Ninguém nos quer aqui. Nossos pais estão zangados e sumiram, não só o papai. E dessa vez é diferente. O sol brilha muito, tem árvores em todo lugar, com trechos na sombra entre elas, e eu não vejo nada conhecido.

11.

A MAMÃE disse que o "papai e eu estaremos lá". Sou uma boa garota, e nossa família é de quatro pessoas. Não quero esperar aqui porque não gosto desse lugar, mas tenho que ficar de olho no Grude enquanto a mamãe não chega. Não sou velha o bastante pra ser babá; essa costuma ser uma garota com cabelo longo, jeans que ficam largos nos pés e unhas cor-de-rosa parecidas com um picolé da mesma cor, só que mais escuras. Quero um esmalte, mas a mamãe diz que não, e não posso ser babá ainda, então só fico de olho no Grude. Não sei quanto tempo vai demorar pra mamãe e o papai chegarem.

Olho pro Grude, e isso é chato. Queria poder fungar na Gwen, que nem faço quando ela está seca na minha cama e ficamos nos aconchegando debaixo dos cobertores. Mas ela está molhada, com o pelo todo empapado. Seguro no braço dela e torço, e água fica pingando do corpinho. Tomara que a espuma dentro não pingue pra fora. Vejo se tem buracos nela, do mesmo jeito de quando o pescoço ficou solto uma vez. Espuma branca saiu e mostrei pra mamãe que o interior da Gwen estava saindo do corpo. Achei que ela ia morrer. Mamãe disse que não, que ela não ia morrer, a gente só precisava costurar tudo, então pegou uma agulha pontuda e uma linha marrom. A gente tinha marrom-escuro, mas isso não ia ficar bom no pelo da Gwen, então fomos até a loja e depois pra casa da Sra. Buchanan, que tinha uma linha de uma cor igualzinha à da Gwen. Segurei o corpinho dela pra mamãe passar a linha pela outra ponta da agulha, que tinha um buraquinho muito, muito pequeno bem no final, e costurar, comigo segurando e dizendo pra Gwen que tudo ia ficar bem, porque a espuma ia ficar pra dentro. Olho pro pescoço dela: ainda está funcionando.

Então a Gwen está bem, mas não dá mais pra fungar nela direito. Vejo uma pedra um pouco pra lá e me levanto. É lisa e plana e está um pouco longe da água, como aquelas que a gente usa pra secar nossas meias. Coloco minha mão na pedra, que está morna, mas não quente. O sol está vindo na nossa direção, então em breve deve esquentar mais. Estendo a Gwen na pedra e ela parece feliz. Fico tomando sol também, então me sinto feliz que nem ela. Me agacho, pra assim meu pijama também poder chorar a água quando eu puxar ele nas pernas. Eu preferia não estar em um pijama molhado, então tiro a parte de cima e a de baixo. Torço eles como a mamãe faz e deixo na pedra.

Ouço o som de nariz respirando: é o Grude, atrás de mim, tentando tirar o pijama também. Ele sempre me imita. Se eu como bolo, ele quer bolo. Se eu tenho uma boneca com olhos bonitos, ele quer uma também. Se eu brinco com pecinhas de Lego menores que são pra meninas grandes, ele não quer mais as peçonas de Lego de bebê, quer as *minhas* pecinhas. Agora está tirando a camisa como eu, mas só a parte dos braços. A maioria ainda está cobrindo a cabeça, e o Grude não consegue levantar mais a roupa porque os cotovelos estão presos.

— Ajuda, ajuda — diz ele.

Fico atrás do Grude e levanto a camisa, que começa a vir, mas então se prende. Puxo mais, e ela passa pelo pescoço, mas fica atolada na cabeça. Ele puxa os braços pra baixo e vai, mas a cabeçona ainda está presa na gola, e não consigo tirar ela por cima de jeito nenhum.

— Tira!

— Tô tentando — digo, enrolando todo o pijama sobrando em cima pra então puxar, porque sou mais alta, mas não tão alta, e é difícil puxar quando tem uma cabeça desse tamanho dentro.

— Tira.

O Grude agora está zangado comigo, e eu sei que ele precisa de uma cabeça menor. Não essa, que é tipo uma pedrona. Puxo, e nada. A cabeça de pedra está presa no pijama. E isso me dá uma ideia; vou pra trás e subo na pedra onde Gwen está e peço pro Grude chegar mais pra cá. Ele não enxerga, seus braços estão estendidos e sua barriga branquela e redonda está aparecendo e me faz rir. O pijama cobre os olhos do meu irmão, que tropeça nos próprios pés com os braços estendidos. Fico rindo de novo, porque é como se a gente estivesse brincando de Marco Polo.

— Diz "Marco" — falo pra ele.

Mas o Grude não diz. Ele não vai a festas de aniversário ainda, então não sabe que você tem que dizer Marco e todo mundo responde Polo, e mesmo que esteja escuro debaixo da venda você ainda consegue ouvir onde as pessoas estão pra tentar encontrar elas. Mas às vezes espio por debaixo da venda, se ela estiver amarrada na altura do meu nariz e eu conseguir inclinar a cabeça, porque assim dá pra espiar sem ninguém perceber. E a gente joga batata quente. Você passa a batata por aí e finge que está quente, mesmo que não esteja de verdade, e quando a música acaba todo mundo aponta pra pessoa que está atolada com a batata e eu me sinto muito mal. Minhas bochechas ficam que nem batatas quentes, e alguém diz que estão rosadas. A mãe da Jessica disse pra eu não espiar, mas eu espiava mesmo assim, porque estava escuro e eu não queria que "estivesse comigo", então queria sair do escuro. Não gosto de quando está comigo.

— Me tira! — grita Grude.

Ele não pede por favor, mas eu estendo os braços e puxo o Grude pra perto da pedra, pra eu poder alcançar o pijama. Na pedra eu fico mais alta, e ele só está na altura do meu umbigo, então consigo pegar as mangas e a ponta do pijama tudo de uma vez e puxar pra cima, pop. A gola sai da cara dele. Ele está com uma linha vermelha que vai do nariz até o pescoço.

— Para de crescer a cabeça — digo.

— Para — diz o Grude, que ainda não fala muito bem, mas quer deixar claro que está zangado.

Acho que o Grude tem as palavras dentro da cabeça e fica tanto tempo sem deixar elas saírem que, quando saem, saem erradas ou de trás pra frente, como meu nome Nana. As palavras estão na cabeça e ficam presas quando tentam nadar lá. Falo isso porque vi uma foto de um cérebro e tinha uns caminhos tortos que se enroscam que nem minhocas, e as palavras têm que navegar por esses caminhos que parecem os túneis dessa minhoca. Um bebê não consegue forçar o pensamento pra fora porque tem muitas minhocas. Grude não é mais um bebê mas ainda está todo minhocudo, e eu provoco ele sobre isso, mas me encrenco quando coloco minhocas de verdade na frente dele. Quando isso acontece tenho que colocar elas de volta na terra pra que tenham vidas tranquilas de novo. Se cortasse elas no meio, teria duas minhocas em vez de uma, e poderia uma ir pra casa e outra pra rua. Seriam duas minhocas tendo uma vida tranquila, mas mesmo assim não gosto de minhocas, nem na minha cabeça. Só toco nelas de vez em quando pro Grude dizer eca.

Agora ele está se agitando e tentando sair das calças do pijama, que nem eu. Falo pra ele sentar e pego o elástico na cintura e puxo pras calças virarem do avesso e saírem. Elas ficam presas bem no pé. Quando me sento pra pegar melhor, o Grude pensa que não estou puxando mais.

— Meus joelhos tão presos — diz ele.

— Tornozelos, seu bobo. — Sei que está falando grudês, então sento e puxo as calças de novo.

É fácil tirar tudo dos pés dele, ao contrário da cabeça. Lembro do cocô quase tarde demais, mas ele não está mais lá. Só uns restos. A maioria já saiu e os pedaços já se foram. Isso é bom, porque esses pedaços são os que eu mais detesto e os que mais fedem. A calça do pijama do Grude ainda está fedendo um pouco e eu não gostaria dela no meu nariz, mas de longe não é assim tão ruim. Meu irmão rola e fica de joelhos e diz "Ai" no chão, então se levanta. Coloca os pés no chão, e o bumbum dele está na minha cara. Quando ele se inclina eu baixo os olhos pra uma estrela-do-mar vermelha no chão. Se olhasse pra cima, ficaria de cara com o bumbum do Grude. Eca. Uma vez, quando o Grude não estava de fraldas, ele se curvou e a gente viu o bumbum mesmo sem querer, porque estava bem na nossa frente. Papai disse que devia dar pra ver todos os segredos do universo lá dentro. Olho agora e não. Papai estava errado. Não tem segredo nenhum, só um pouco de cocô.

Torço o pijama do Grude que nem eu fiz com o meu e coloco na pedra, do outro lado da Gwen. Estendo de um jeito que as pernas e as mangas fiquem retas e, depois de um tempo, parece que o Grude está deitado nas pedras junto comigo. Nossos pijamas são parecidos, com patos nos dois, então parece que duas crianças estão deitadas na pedra, só que uma maior que a outra, assim como eu sou maior que o meu irmão. Ele bate na altura do meu peito quando a gente está de pé, mas não naquela hora que eu estava de pé na pedra, quando ele bateu no meu umbigo. Acho que a cabeça do Grude deve ter o mesmo tamanho da minha, mas espero que não cresça mais, ou ele vai acabar preso no pijama pra sempre.

Minha pele está quente agora que tirei meu pijama. Levanto os braços pro céu. A gente deve esperar pelos nossos pais, e tudo bem com isso, porque o sol está sorrindo pra mim e a sensação é boa. Balanço meu pé por aí, porque os biscoitos deixaram farelos nos dedos. Pulo em um pé só, e a sola bate em terra quebradiça. Vejo um pouco mais de areia a alguns metros, perto da água, então piso lá. É gostoso e macio. Mexo os pés um pouco mais e deixo minhas mãos para cima, solto uma risada porque é divertido e então o Grude vem também. Ele pula e agita as mãos que nem eu, porque não sabe como dançar além de se mexer pra cima e pra baixo sem sair do lugar. A mamãe tem que dançar para ele, pegando nas mãos do Grude ou de vez em quando colocando ele na cintura pras pernas dela fazerem a dança. Quando o papai está dançando também, posso pisar nos pés dele. Papai segura meus braços, os sapatos dele pretos e brilhantes e escorregadios, mas, se eu me equilibrar direitinho e estiver usando meus tênis, sem meias, dá pra ficar agarrada durante a dança toda. Mas agora o Grude está dançando como eu, olho pra ele e ele ri com a cara toda contorcida em um sorriso, com os dentes aparecendo e duas covinhas em cada lado. Levanta os braços e agita. Coloco um pé pra frente e ele coloca também. Balanço minha mão com força e ele balança a dele também com força. Coloco meu polegar no nariz pra fazer um na-na-na--na-boo-boo e ele faz isso também. Mostro a língua e blá-blá-blá.

— Pelado pelado pelado — digo e balanço o bumbum.

Ele ri ainda mais e balança o bumbum, e o passarinho dele balança também, mas é tão pequenininho que nem balança muito. Então balanço mais o bumbum.

— Bum bum bum.

— Bumbum — diz ele, rindo.

Sei que consigo fazer o Grude rir e rir, e é como se eu estivesse bancando a babá agora, já que ele está se divertindo. Começo a fazer círculos até que finjo cair, que é o que ele mais gosta, então me jogo de lado na areia e imito um desenho animado, que nem quando tem estrelas dando voltas na cabeça de um personagem.

— Boing boing — digo.

E o Grude ri e ri como se fosse muito engraçado, então começa a andar por aí e a cabeça dele rola pra trás de tão engraçado, com os olhos lacrimejando, só que sem a choradeira de quando está triste. Parecem as mesmas lágrimas, mas não são. Quando são de risadas elas vêm de outro lugar, como se pingassem da garganta pros olhos. Lágrimas de quando você está triste pingam do coração. O Grude está chorando de rir, e as lágrimas se espremem pra fora dos olhos dele até caírem pelo rosto. Bato com o bumbum na areia de novo e de novo.

— Boing boing. — Caio e rolo na areia.

Isso faz o Grude rir tanto que ele não consegue ficar mais de pé e cai de bumbum na areia, dizendo "Boing" também. Rolo, ele rola também, e agora a gente está ficando com areia por toda a pele, porque ela está um tanto molhada e isso faz grudar em mim. Levanto e, agora, sou um monstro de areia.

— Raur!

O Grude pega uma mãozona de areia e bate com ela na barriga. A areia fica grudada lá, mesmo com a barriga redonda e branquela dele. Tento de novo e grudo mais na perna. Queremos grudar mais e mais e, quando vemos, estamos parecidos com monstros de verdade. O Grude começa a jogar areia no cabelo e esfrego um punhado na cabeça dele também. Continuo a espalhar areia e pegar um pouco da pilha que parece mais lama. O cabelo dele não está mais amarelo, nem a pele está branca. Agora o Grude está parecido com um monstro de areia de verdade, e eu só sei dizer que é o meu irmão por causa dos olhos que ainda aparecem por baixo de toda aquela areia. Começo a colocar um pouco na minha cabeça também, porque essa parte parece legal. A Jessica também ia gostar, mas ela não está aqui. A gente continua a botar areia e lama nos nossos corpos e então a passar um no outro, o que pode ser ruim ou pode ser bom. Continuamos a fazer isso, ficando sujos à vontade. É tão divertido espalhar areia por aí, e eu fico botando mais e mais e mais, sem ninguém pra mandar a gente parar. Queria que a Jessica estivesse aqui. A gente brinca tanto.

Ela tem oito Barbies que moram no quarto dela. Eu não tenho nenhuma Barbie e chorei tanto por causa disso que a mamãe disse que a gente podia ir visitar as da Jessica na casa dela. Lá tem uma Barbie homem. O nome dele é Ken. Jessica diz que conta como nove, mas eu digo que não porque o Ken tem uma barba que dá pra colocar ou tirar do rosto dele. Ele tem shorts iguais aos do pai da Jessica, o Steven. Gosto bastante de Barbies.

Pedi uma pra mamãe e ela disse não. Chorei e bati o pé e ela disse não mesmo assim, porque Barbie só tem caroções no lugar do peito, que são muito grandes pra cintura dela. Chorei uma semana inteira e até o vovô veio jantar com a gente pra me fazer sentir melhor. Ele tinha um pedaço de alface na mão. Pensei em como a pele do vovô era legal e grossa que nem a alface, só que não verde. Mamãe disse pro vovô que não ia me comprar uma Barbie.

Ela disse que não gosta da Barbie porque ela não tem um emprego bom. Vovô riu. Mas então no dia seguinte a mamãe falou que todo esse papo sobre Barbie fez ela se sentir mal e disse que, já que a Jessica tem um monte, a gente podia ir na casa dela. E íamos toda hora, então eu podia brincar com elas. Era muito especial e legal. A gente podia fechar a porta do quarto e transformá-lo na terra das Barbies, construir um castelo e fazer asas e uma varinha e brincar e brincar. Quero ir pra casa da Jessica agora.

Sinto coceira entre os meus dedos. Vou até a água, me abaixo e tento lavar a mão, até que vejo minha pele de novo. O Grude faz a mesma coisa, porque ele nunca para de me copiar. Tem muita areia no chão, mesmo com tudo que a gente colocou no corpo. Tiro a areia da parte rasa da água com o meu braço. Junto tudo em um montinho, o que o Grude acha uma boa ideia. Nós dois usamos as mãos pra puxar areia até formar um monte ainda maior. Sou a chefe, porque sou melhor em fazer castelos de areia, então digo pro Grude o que fazer e ele obedece na maioria das vezes. O vulcão precisa de um lugar pra lava, então coloco a minha mão no topo e o Grude fica zangado porque acha que estou quebrando tudo e quer ser a pessoa que vai fazer isso. Está prestes a pular no vulcão, mas eu faço ele parar e mostro como a lava vai sair. O Grude fica e espera. Construo um topo perfeito, pra ter um buraco pra lava que é liso nos lados e também um caminho no topo pros cientistas andarem e olharem e quase morrerem se o vulcão explodir. Preciso de um gravetinho pra ser o cientista, e ele tem que ter um cachorro, então preciso de um também.

Mando o Grude procurar gravetinhos pra ficar no topo do vulcão, mas meu irmão é ruim em achar eles na areia e não encontra nada. Sempre precisa que eu mesma vá procurar e colocar os gravetos na mão dele, pra então ficar todo contente e gritar "Achei!" e levantar o treco como se fosse um rei. Ele não achou nada, mas não liga quando digo isso. Estou me cansando de ficar de olho no Grude e construir castelos de areia e encontrar os meus gravetos e os do meu irmão. Estou entediada e não sei o que a gente deveria fazer.

E estou ficando mais cansada ainda de ficar de olho no Grude, porque ele tenta botar areia na boca como se fosse almoço. Eu mando ele parar e fico mais ainda sem saber o que fazer. Não entendo por que mamãe e papai estão demorando tanto. Então trabalhamos em adestrar o cachorro interior do Grude, como fizemos no verão todo. Eu digo senta e ele senta. Digo patinha e ele dá a patinha bem caprichado, colocando a língua pra fora na boca e deixando ela pendurada com até um pouco de cuspe caindo. Preciso de uma coleira, e um pedaço de mato é longo o bastante pra servir, mas é difícil amarrá-lo em volta do pescoço do cachorro e meus dedos não conseguem. O Grude não fica parado por tempo o suficiente.

— Senta, Grude!

Ele levanta e corre com as pernas gorduchas.

— Não — digo como castigo. Pego ele e empurro com força. O Grude cai de volta na areia com a boca aberta que nem um O.

E falo:

— Não! Cachorro feio!

O Grude chora por um minuto de novo, mas eu não ligo, porque ele é malvado e faz todas essas coisas ruins acontecerem, não eu. Quando eu não ligo se ele chora, o Grude geralmente para. Dessa vez para mesmo. E começa a engatinhar e guinchar e abanar a cabeça.

— Tá, cachorrinho. Cachorrinho mau — digo.

Decido que o Grude pode voltar a ser um bom cachorrinho se fizer uns truques. Falo bem alto e devagar pra ele entender.

O Grude senta e eu enterro as pernas dele, mas ele fica se agitando e não consigo cobrir tudo de uma vez. Então meu irmão levanta, sacode a areia pra longe e começa a fazer xixi. Fico vendo o xixi cair no lago em um arco parecido com um arco-íris.

Coloco minha mão na cabeça e chacoalho. Vejo sujeira cair. Estou bem suja, e um pouco da sujeira está nos meus olhos. Grude esfrega o cabelo também, e a sujeira entra no olho dele. Ele fecha o olho com força e não consegue mais enxergar. Está atolado com os olhos bem fechados, então tenho que limpar eu mesma os olhos sujos dele. Mas a minha mão também está suja. Meus pés na água estão limpos, e é por isso que eu tenho que lavar as mãos depois de usar o banheiro. Tento fazer o Grude meter a cara na água e lavar as mãos. Ele só faz isso por pouco tempo, então começo a jogar água nele, o que é engraçado, porque ele fica correndo e gritando.

— Sem água, Nana. — Ele sacode o dedo pra mim que nem um professor e corre pra fora da água.

Sigo o Grude, porque um pouco da sujeira saiu. O cabelo dele está cinza como o de um velho. O corpo está listrado de sujeira e um tanto de lama, fazendo ele parecer uma zebra. Ele gosta disso, porque tem em casa um livro com uma zebra. Ele relincha, porque acha que é um cavalo listrado. Talvez seja, não sei. O Grude relincha e vai comer um pouco de grama. Não ligo pra onde é que está indo, porque eu estou cansada de ficar de olho nele. Estou com calor demais.

12.

Estou ficando zangada com a mamãe, porque ela está demorando muito e eu não sei por quê. Ela disse "Papai e eu estaremos lá". E então é aqui que a gente está. Quando me perco, tenho que ir até o ponto de encontro em frente à mercearia, mas não tem nenhuma caixa registradora com vários botões ou esteira pra colocar compras aqui. Fico com medo de estar no lugar errado, da mamãe estar me esperando e ficando zangada.

O sol está me seguindo. Ando um pouco do lado da água e ele bate no meu ombro. Então me viro e ando pro outro lado, porque talvez a mamãe esteja aqui e eu não esteja vendo. O sol brilha demais nos meus olhos e fica me seguindo. É que nem um balão amarrado no meu pulso com uma linha e um nó duplo. Não quero esse balão, só que não tem linha nenhuma, então não tenho como deixar ele voar pra longe. O sol me segue não importando o que eu faça. Ando mais rápido, dou uma corridinha, depois uma corridona, com meus pés fazendo splash-splash-splash na água rasa. Então paro. Às vezes quando faço isso a Jessica continua correndo e segue direto no jogo de pique. Quando olho pro céu, percebo que o sol sabe que parei e para também. O sol é mais esperto que a Jessica.

Fico por lá por um minuto, vejo e olha a Gwen ali! Ela está me esperando numa pedra. Eu vou até lá e dou uma fungada, e ela está um pouco crocante nos braços, que nem cereal, mas eu amo tanto ela. Fungo e abraço a Gwen, e a gente fica de carinho. Está com um pouco de sujeira no pelo, mas não liga, e é tão bom ver ela. Meu pijama também está ali, e acho que agora eles vão estar gostosos de usar, porque vai ser tipo ir pra cama. Foi o que a mamãe disse, ir pra um lugar seguro e esperar lá, e a minha cama é o lugar mais seguro que tem, então vou me aprontar. Mas a gente está acampando, então talvez o lugar seguro seja a barraca, ou quem sabe o chalé, ou Toronto. Não sei qual cama. Pego a minha calça do pijama, que está um pouco presa na pedra e meio dura, não mole e macia. Os patinhos estão enrugados. Seguro a calça pra vestir uma das pernas e ela fica mais mole quando agito, então amasso tudo em uma bola e pronto, está tudo melhor. Boto a calça e o pó coça um pouco, mas tudo bem. Tenho que fazer xixi. Abaixo a calça de novo e quase faço xixi nela, mas não, porque dobrei os joelhos na areia bem na hora. Coloco a camisa do pijama também, e minha pele fica um pouco raspada por causa do pó. Fungo na Gwen e olho, e lá está a camisa do pijama do Grude também. Pego. Tem algo faltando. Olho pras minhas pernas e a calça do Grude não está ali. Eu coloquei ela na pedra, mas acho que o Grude já deve ter se vestido. Eu nem sabia que ele conseguia fazer isso sozinho.

— Grudento?

Subo na pedra e olho em volta. Não vejo ele. Levanto a Gwen pra tentar enxergar, mas ela também não vê nada. Isso me preocupa bastante, e meu estômago faz ronc. Tenho que ficar de olho no Grude. Mas eu não sou babá e, mesmo quando não fico de olho, a mamãe fica se sentindo mal por ter saído por tanto tempo. Jessica e eu tínhamos um castelo e o Ken era o vilão tentando roubar a varinha mágica da Barbie Fada, e aí as Barbies derrotaram ele. A Jessica disse pra eu ser o Ken na primeira vez e fui. Então outra tentativa de roubo ia acontecer e ela disse pra eu ser o Ken de novo. Eu disse não. E a Jessica disse que as Barbies são dela então ela é quem manda. Disse também pra eu trazer minhas próprias Barbies e não tenho nenhuma. Mas mamãe tinha falado que eu brincaria o quanto quisesse, e fiquei muito, muito zangada. Bati o pé pra Jessica e saí do quarto e ela fechou a porta bem na minha cara, então fiquei pra fora da Terra da Barbie. Ficamos só eu e a casa da Jessica.

A casa é grande, porque a mãe dela é importante, e tem muitos cômodos. Eu não lembrava qual era qual. Só vejo a mãe da Jessica na escola de vez em quando, quando a gente canta. Ela tem um cabelo preto com muitos brilhos, e acenou com o cabelo quando ouviu a música que a gente cantou. A luz fez plim. O cabelo da minha mãe não tem tanto brilho, e ela diz que isso acontece porque ele era amarelo, que nem o do Grude, e que agora sai de um frasco. Olhei no quarto da mamãe e nunca achei um frasco com cabelo dentro. Não sei se a mãe da Jessica deixa o cabelo em frascos também, mas talvez tenha um frasco com brilhos lá dentro. Eu queria brilhos.

Fui pro quarto que é da mãe da Jessica, acho, não tenho certeza. A porta estava fechada, e eu não sabia se eu estava sendo uma menina má ou se tinha um frasco no quarto, então fui bem de fininho e virei a maçaneta pra não ser pega. Os brilhos não são pra crianças, talvez, e não sei se babás podem ter eles, mas eu provavelmente não posso até ser adulta. Não tem brilhos e não consigo encontrar a mamãe. Mas ela está por aí mesmo assim. Ela me dá um biscoito e a gente entra no carro, e diz que se sentiu mal por ter me deixado sozinha por tanto tempo. Eu digo me dá uma Barbie se você se sente tão mal, e ela diz não e eu choro e choro muito. Papai vem pra casa e mamãe diz que eu não vou ganhar uma Barbie. Isso quer dizer que a Jessica pode fazer o que quiser. Eu tenho que ser o Ken.

O sol está quente e eu fecho meus olhos. Não sei onde ninguém da minha família está, mas deviam ter quatro pessoas e a Gwen. Meu cérebro vê o rosto redondo do Grude e um sorriso com duas covinhas nas bochechas. Ele está por aí se esgueirando e penso ah não, talvez a mamãe e o papai tenham vindo e pegado o Grude. Ele está lanchando com a barriga cheia e a cabeça no colo da mamãe, com um biscoito, e não tenho nenhum e fico zangada. Consegui botar o pijama sozinha e tive que ficar de olho no Grude por um tempão. Ele vai ganhar comida e carinho e isso não é justo. O Grude nem colocou o pijama, e ele não vai conseguir o meu biscoito. A Gwen está zangada também, porque sabe que o Grude sempre ganha as coisas especiais.

— Mamãe? — chamo e olho.

Não vejo eles no lago, então já devem ter saído da canoa. Olho pra cima e pra baixo, e não consigo lembrar a direção em que fugi do sol. Não sei pra que lado a mamãe deve estar.

Ando por aí com meus pés na água. A mamãe disse que não me deixaria sozinha por muito tempo, então eu chamo.

— Mamãe! Mamãe. Tô aqui. Quero comer também. Não me esquece.

Ela não responde, papai também não, nada do Grude, então choro e espero. Eles não vêm, e deve ser porque estão muito zangados dessa vez. Choro mais ainda pra mostrar que é bom que venham logo, e minhas lágrimas estão caindo na água nos meus pés e deixando a poça mais funda. Vou me afogar na água se não vierem me pegar logo. Estou chorando e tem um lago no meu corpo de onde vêm todas as lágrimas, que está ficando menor e menor, e o lago nos meus pés ficando maior e maior ao mesmo tempo. Então meu lago de dentro vai secar e vou morrer, e vai ser tudo culpa da mamãe, porque ela me deixou chorando o dia todo. Parece um tempo muito longo. Paro, porque não consigo fazer mais lágrimas saírem. Olho pra cima e pra baixo e fungo. Não vejo a mamãe em lugar nenhum. Queria que o sol parasse de me seguir o tempo todo.

13.

Canto uma música e ando e da da da pela baía, onde crescem as melancias, e eu queria ter um pedação de melancia. Olho e tem um lago, sem melancia nenhuma. Não posso tocar na faca de melancia. Minha família é malvada por me deixar assim sem comida, e eu continuo andando porque vou mostrar só pra eles. Reparo que a camisa do Grude ainda está em cima da pedra. Penso que talvez ele ainda esteja comendo os biscoitos sem nem colocar o pijama direito, o que não é nem um pouco certo. Pego a camisa do pijama, porque quero mostrar pra mamãe que ele está sendo malcriado, e ela não vai poder dizer que é porque ele é um bebê, porque não é mais. Bebês não sabem andar. O Grude sabe.

Talvez eu consiga ver a toalha de piquenique. Coloco minhas mãos na cintura, com a Gwen em uma e o pijama na outra, e passo o olho no lugar. Lá na grama tem uma grande cabeça redonda. O Grude está lá com o rosto que voltou a parecer um tomate amassado e chorão. Ele vê a camisa do pijama e sabe que foi pego no flagra.

— Grude — digo.

Ele não me responde, fica só chorando.

— Grude?

— Mamãe — diz ele.

— Cadê a mamãe? — pergunto.

— Mamãe.

Ele não me dá outra resposta, então ando até ele e penso que talvez esteja machucado. Ele parece um pouco vermelho, mas não tem sangue, só vermelho na pele. Parece triste e sujo e pelado, com uma pilha de cocô do lado dele. Ele sempre faz cocô.

Olho ao redor: ele não está com a mamãe e o papai. Não tem comida nenhuma. Fico feliz pelo Grude não ter comido também, mas então fico triste porque estou com fome e queria que o Grude não ficasse chorando.

— Fome, Nana? — pergunta ele.

Por que ele diz isso pra mim em vez da mamãe? Não sei onde está a mamãe. É a mamãe quem está com a comida.

— Sem comida. — Faço que não com a cabeça.

O Grude está brincando com um graveto, mas não posso porque tem um buraco enorme na minha barriga, como se eu pudesse me abaixar e enxergar por ele. Coloco minha mão lá e ainda sinto a barriga inteira, mas por dentro tem o buraco, porque ela está vazia. E faz um grrrrrrr que parece a máquina de lavar quando está preparando espuma. O Grude ouve o grrrr também.

— Fome, Nana — diz ele.

— Eu sei. Eu também.

— Lenche?

Eu sei que isso é lanche em grudês.

— Não tenho nenhum.

— Por favor?

O Grude me encara com olhos de pidão, mas isso não faz comida aparecer. Ele pensa que eu sou de novo a babá dele e que meu balcão tem pão e manteiga e bananas, quem sabe até geleia. Ou panquecas com muita calda, com um pouco de bacon, macio, não queimado. Posso sentir o cheiro de bacon no ar e olho em volta porque acho que alguém está cozinhando escondido sem dividir, mas não vejo ninguém em lugar nenhum. Está tudo vazio em volta da gente, com árvores de um lado e grama molhada do outro.

— Fome — diz o Grude.

Mamãe já sumiu faz muito tempo. Talvez eu esteja encrencada porque não presto atenção. Acho que mamãe disse que viria pra cá. Eu devia ficar em um lugar seguro e fingir que é minha cama. Mas a gente não está em Toronto e nem no chalé, então estava dormindo na barraca. Não sei de nada. Levanto e vou até onde a água bate na ponta dos meus dedos e olho. Do outro lado do lago tem terra, e talvez a barraca esteja ali, aí seria só levar o Grude pra um passeio e ir. Tenho que apertar os olhos, porque tem diamantes na água, mas não de verdade, só brilhos por causa do sol. Na terra do outro lado dá pra ver alguma coisa se mexendo, lá nos arbustos. Está na outra margem do lago, mas dá pra ver.

Tento enxergar. Tem alguma coisa se mexendo nas árvores daquela terra. É algo preto, e a minha barriga sabe que é o cachorrão. Fico com medo e feliz por estar desse lado. O cachorro fica andando pra lá e pra cá e farejando. O ar sai de mim um pouquinho de cada vez, igual a quando a gente leva susto. Prendo a respiração pra fazer ela parar e vejo o cachorro preto fungando e farejando e andando até a água do outro lado do lago. Fico parada e tento não respirar, torcendo pro Grude não se mexer também. O cachorro fica fungando tipo o Snoopy, só que mais tipo o guaxinim. O Snoopy ia estar procurando a Sra. Buchanan pra se encrencar ou quem sabe procurando a mamãe. Não ficaria só andando por aí, como se não estivesse acontecendo nada.

Ele se parece mais com o guaxinim, fungando e comendo e erguendo o nariz no ar. Ergue agora e funga por um minuto, então anda em volta da água.

Sei que cachorros nadam, porque eu já vi o Snoopy nadando. Foi quando ele veio até o nosso chalé e ficou na água. Tinha outro cachorro amigo de verão chamado Fergus, baixo e gordo e com o pelo branco. Quando tentei levar ele pra nadar, a mãe dele disse que não. O Fergus detesta água igual ao Grude, porque caiu nela uma vez quando estava saindo de um barco. Desde esse dia a água virou coisa ruim. Então, quando o Snoopy estava lá no meu chalé e pulou do cais atrás de uma bola, Fergus ficou só assistindo e abanando a cauda. Fico com medo do cachorro preto pular na água e vir pra cá, mas ele para. Está com os dedos no lago que nem eu. Nossos dedos estão debaixo da água, e eu posso sentir que ele sabe e eu sei que é como se a gente estivesse se tocando através dela. Ele continua a farejar com o nariz erguido no ar. Posso ver melhor agora que ele saiu dos arbustos. O pelo dele é bem preto, a barriga é grande e as pernas são curtas. Deixo a respiração sair e penso ufa.

Esse é um cachorro preto que não é nadador. É mais um urso que um cachorro que nada, só que não é marrom tipo a Gwen ou um urso de verdade. Se eu jogar uma bola na água, ele não ia pular do cais, só abanar o rabo. Minha família não tem medo de urso. Eles aparecem pelo chalé pra lembrar ao papai que ele não virou o churrasco direito e deixou um pedaço de salsicha queimada lá que eu não quis comer e fiz papai cortar fora. Mamãe disse que isso era bem ruim, porque deixaria os ursos acostumados com a gente, então nunca mais fizemos isso. Quando não gosto da salsicha queimada, dou pro Grude. E às vezes ele não come também, então tiro a pele da salsicha, que é parecida com um dedo, mas é mais tipo árvore, dá pra arrancar a casca queimada e a parte de dentro continua parecendo boa. Aí o Grude come. Então, quando a mamãe pergunta se comi, digo que sim e ganho um biscoito. Quando a nossa família vê um urso, e eu nunca vi, só o papai viu, a gente fica longe e às vezes faz barulho com duas panelas, batendo uma na outra. A mamãe diz pra falar pro urso "Ei, urso", mas como eu nunca falo "Ei, cachorro" fico em silêncio. Agora paro e tento escutar se a mamãe está batendo panela, mas ela não está. Não ouço panela nenhuma nem ninguém gritando. O cachorro preto tem um narigão e só fica farejando o ar. Não tenho que ficar assustada, por causa da água. Mas tenho que tomar cuidado com cachorros que não conheço.

Observo o cachorro preto e me sinto como se ele estivesse me observando com a ponta do nariz. Fico vendo que nem faço com os animais dentro da tevê. Me pergunto se mamãe pode ver ele também ou se está dormindo. Ela pode ter ido embora. Sei que, se não tem panela, ela não está lá perto. O cachorro preto fica andando e então pega alguma coisa na boca e eu olho, mas não sei dizer o que é, só sei que é longo. Mas então ele se vira e vejo que é vermelho. Pode ser a carne com o tênis do papai. Papai não vai gostar de um urso mordendo o tênis dele.

— Ei — digo.

O cachorro preto olha pra cima por um momento e fareja como se eu não importasse. Fico vendo ele voltar pra carne e então sentar no chão pra mordiscar o osso. Coloco minhas mãos na barriga. É esquisito.

Ouço o Grude fazendo barulho atrás de mim.

— Fiz cocô — diz ele, com os olhos brilhando de lágrimas.

Ele está sentado com o bumbum de fora, e tem uma pilha de cocô atrás dele. Eca. O Grude deve achar que eu sou a mamãe dele agora, limpando cocô e fazendo comida, e não gosto disso, não mesmo. Não ajudo ele. Torço o nariz e levanto a Gwen pra uma fungada.

— Oi, Glen — diz ele.

É gostoso, então fungo nela. Com a Gwen, é como se a gente dividisse coisas. Mamãe diz que pode ser difícil fazer isso só com três pessoas, mas o Grude, a Gwen e eu estamos acostumados um com o outro. Estendo a Gwen pra dar um beijo na bochecha do Grude quando ela está no humor de beijinhos. As lágrimas do Grude pararam e agora ele até sorri, e eu vejo as covinhas no rosto dele que parecem os buracos que um graveto deixa no marshmallow.

— Brigado, Glen — diz o Grude pra Gwen.

— Você tá bem? — pergunto.

O Grude se ergue nas pernas gordas e me mostra o bumbum sujo dele. Eca.

— Goceira.

Ele está com coceira. Quer dizer que vou ter que ficar mais de olho. Tarefas como trocar fraldas significam que você é uma babá, mas eu não sou. Inalo pelo nariz e faço um som que me faz parecer mamãe. Faço de novo, porque quando o ar sai do meu nariz não consigo sentir o cheiro do cocô, e assim é melhor. Faço de novo e de novo, mas então minha cabeça fica que nem um balão prestes a estourar, então paro. O cheiro volta pro meu nariz e é como aquela vez quando papai esqueceu uma fralda no carro, então tivemos que sair dirigindo por aí com o cocô sem querer. A Gwen diz que vai me ajudar, e eu acho que vou ajudar o Grude, porque a gente é um trio.

Coloco a Gwen e a camisa do pijama do Grude em uma mão e pego a mão dele com a outra, como uma babá, mesmo que eu não seja uma. Andamos pelo montinho cheio de grama pra sair de perto do cocô. Temos que subir a colina, o que é tranquilo, porque de vez em quando o Grude senta na terra e deixa sujeira pra trás e eu fico com menos trabalho. Chegamos lá no topo e olho em volta. Tem uma floresta aqui, que segue abaixo com mais grama. Digo pro Grude deitar de costas que nem ele faz pra gente trocar as fraldas da noite, mas não tenho papel higiênico ou lencinho ou toalhinha como a mamãe. Tem só uma folha verde ali e algumas mais numa planta, que eu pego e uso pra limpar tudo. A planta tem cheiro como se tivesse o gosto daquele doce azedo que me faz encolher as bochechas. E não tem muita sujeira, então é bem fácil limpar. A Gwen e eu somos boas mamães. O Grude levanta e eu faço ele colocar a camisa do pijama. Ele quer as calças, mas não sei onde estão. Ele pisa forte, mas isso não faz as calças voltarem. O passarinho dele só balança.

— Suco — diz o Grude.

Bem que eu queria. A Gwen também. A gente ainda está com sede sem parar. Levanto e olho pra baixo e vejo que, se a gente andar seguindo as árvores, elas se abrem em um lugarzinho cheio de grama, com um pouco de água corrente. Digo pra gente fingir que é suco de maçã ou laranja, pego as mãos do Grude e da Gwen e corro até lá, onde tem uma poça d'água que parece achocolatado. Me ajoelho e coloco meus lábios nela e sugo como se tivesse um canudinho, mas não tenho. Fico com lama nos dentes, então sento e mastigo. É crocante. O Grude ri e quer achocolatado também. Coloca a cabeça na poça e penso que uma garota má iria meter a cabeça dele na água. Eu não, porque sou quem está ficando de olho. Mas ele levanta a cara e diz que não consegue puxar nada pra boca.

Digo pro Grude que é tipo um canudinho, que tem que sugar, e a gente fica fazendo os dois sons de sucção, o que é engraçado;

então, ele tenta beber de novo e eu coloco os joelhos no chão. Dessa vez eu sei que o chão está molhado, parecendo um pouco uma esponja, o que também é engraçado, porque o Grude está na esponja só que sem a calça de pijama, e só fico com os joelhos molhados mas nem tanto. Já a Gwen está seca, porque deixo ela levantada no braço. O Grude está puxando água mesmo sem canudo, até que começa a lamber tipo o Snoopy. É engraçado também, e nós dois rimos. Ele não consegue lamber e rir ao mesmo tempo, então tenta apertar as bochechas de volta pra água com as mãozinhas, quase cai e molha o rosto. Faz uma cara de que vai chorar, mas então eu digo que foi engraçado e ele ri.

— Suco — diz de novo.

Coloco a Gwen entre as minhas pernas pra manter ela segura e pego água achocolatada com a mão em concha. O Grude coloca a cara dele na minha mão e começa a beber desse jeito mesmo. Coloco as duas mãos juntas e pego mais água e o Grude coloca mais nos lábios. Faço isso de novo e olho pra água, vendo pedacinhos de terra. Parecem pedaços de terra bons, não ruins. Grude bebe tudo, então eu pego mais, e dessa vez tem um peixe! Ele é pequeno e limpo e tem pernas como as de um caranguejo, mas também um pouco parecidas com as de uma aranha. Talvez não seja um peixe, mas um inseto. O Grude coloca a cara pra beber ele.

— Não, Grude. É um peixe.

— Onde? — Ele olha pra trás.

— Aqui! — Tento apontar, mas meus dedos não conseguem porque estão formando a concha que agora é um aquário.

— Onde? — Ele olha pra água lamacenta da poça.

Enfim, ponho as mãos na cara dele, pro olho dele não poder ir pro lugar errado. Ele vê.

— Peixinho!

Ele está animado também, então ficamos vendo o peixe arranhar minhas mãos. Eu não sinto nada, só um pouquinho de cócegas.

Estamos ocupados observando o peixe, então nem ligo quando vejo algo se mexendo no canto do meu olho, porque o peixe está tentando fugir pelos lados. Ele não parece muito contente de estar nas minhas mãos. Talvez esteja preocupado, e penso em fechar a mão e esmagar ele. Começo a fechar os dedos, mas o Grude me faz abrir de novo porque quer ficar olhando. Mas sou eu quem manda aqui e o peixe não pode fugir, então não ligo pro meu irmão e aperto as mãos juntas, squish-squish raur.

— Ei — diz o Grude.

— Eu vou te esmagar — digo em minha voz mais grave, fingindo que sou um homem grandão cheio de músculos como os de papai. Abro as mãos e olho. Não tem mais peixe, e a água caiu de volta na poça. Olhamos pra ela também, mas nada de peixe. Deve ter ficado com medo de mim e fugido, ou então caiu na poça, ou quem sabe eu esmaguei seu corpo e não sobrou mais nada pra ver.

— Aqui, peixinho peixinho peixinho. — O Grude está procurando pelo chão.

Dá pra ver algo no canto da vista de novo. É marrom e está na parte onde não tem árvores, só grama. É peludo e se mexe e faz eu virar a cabeça. Está metido na grama. É um animal. Penso ah, legal, porque eu gosto de animais, principalmente tigres. Mas esse não é um tigre, porque não tem listras laranja e pretas. O pelo é marrom e o corpo é grande como se fosse uma bolha sentada na grama. Acho bonitinho por um segundo. Talvez seja um hipopótamo como os que a gente vê no museu, mas então ele mexe a cabeçona pra olhar pra gente e eu fico um pouco assustada. Não tem jaula nenhuma aqui, e ele não está longe. E tenho que tomar cuidado com animais. Eu lembro. Até mesmo o Snoopy. Eles não falam que nem gente e podem ficar confusos que nem o Grude, mesmo sendo gente também. Sem pelo. Esse animal não parece zangado, mas não sei se ele gosta ou não da gente. Quando começa a se mexer, abaixo a mão pra pegar a Gwen e fungar. O animal se move pra parte mais firme da terra e eu vejo que ele é enorme e tem quatro patas que estavam na água e não estão mais.

— Olha, Grude — sussurro. — Um cavalinho.

O Grude olha e a boca dele abre num "O". Ele fica quieto. Vira pra mim e coloca o dedinho nos lábios e diz "Shh". Está agachado e com as mãos nos joelhos. É engraçado, porque, quando estamos no zoológico, meu irmão sempre grita pros animais e papai tem que mandar parar. Não devemos gritar ou bater no vidro, porque isso deixa os animais com dor de cabeça, e eles já precisam aturar muita coisa. Fico observando o bicho agora se levantando e ficando mais alto. Tem pernas bem longas e agora está de pé nelas. O pelo é liso e marrom, mais escuro que o da Gwen. Deve ser um cavalo de lábios grandes, porque os olhos estão no lado da cabeça, e eu sei que um cavalo pode enxergar a parte de trás da cabeça pra fugir de pessoas se precisar. Também vejo orelhonas que fazem ele parecer um jumento, só que sem os barulhos de um. E além de tudo isso o bicho tem um corte de cabelo, uma franja que vai de lado e não cai nos olhos. É assim que a moça corta minha franja, e de vez em quando penso que queria deixar ela longa e sem cortar, mas aí eu não conseguiria enxergar pra onde vou. O cavalo não faz barulho nenhum. Só fica lá olhando pra gente e mastigando.

— Alce — diz o Grude.

O cavalo pisca e mastiga um pouco mais.

— É um cavalinho.

— Não.

Fico irritada por ter que ficar falando com bebês.

— Um alce tem uma galhada enorme na cabeça, que nem um cabideiro.

— Alce.

Penso no nosso livro com animais, que lemos com o papai. Lá tem alces fêmeas e elas são bem assim, sem a galhada, mas o Grude é bebê demais pra ter razão.

— Cavalinho — digo.

— Alce — sussurra o Grude, e eu devia dar um murro nele, mas não ligo. Não quero ter que ficar brincando só com meu irmão. Seria legal se Jessica estivesse aqui. Mas a gente continua a ver o cavalo, que mastiga um pouco de grama e então se vira e sai andando pro outro lado até sumir da nossa vista. Fico me sentindo que nem quando a gente foi lá no zoológico, mas sem o McDonald's. Estou com tanta fome.

14.

TAMBÉM ESTÁ ventando e eu sinto frio nas pernas. Daqui a pouco vai ser noite e a gente precisa chegar no nosso lugar seguro. Puxo o Grude pelo braço pra ele levantar e vir porque não quero ficar com as pernas mais molhadas, está gelado demais. A gente anda até a parte com árvores. É mais escuro aqui, porque as árvores estão com as partes de cima espalhadas que nem um teto. Nosso lugar seguro pode ser o chalé porque lá tem duas camas. Ou Toronto, que a gente ainda precisa encontrar. Ficamos andando por aí, e nossos pés estão ok até uma agulha de pinheiro decidir espetar eles, ai. A maioria delas não espeta, só umas que são malvadas. O Grude também é espetado, porque diz "Aiai" e para pra me fazer olhar pro pé dele.

— Tem farpa.

Ele tem medo de farpas, porque uma vez ficou com uma presa e a mamãe e eu tivemos que ir até a casa de uns amigos pra eles ajudarem a gente a segurar o Grude pra mamãe tirar a farpa com um alicate. O Grude tinha falado "Não, não encosta", mas a mamãe disse que tinha que encostar porque a farpa podia ficar doente e morrer no pé dele. Aí ia ter um corpo morto ali que ia deixar o Grude doente. Até que no final ela conseguiu tirar a farpa com o alicate e mostrou pra gente na luz da lâmpada. Olhei e era um pedacinho do cais. Isso quer dizer que a farpa estava no cais primeiro. Então fique de olho se estiver andando por lá e coloque uns sapatos pra nenhum corpo entrar no seu pé.

O Grude acha que tem corpos nas agulhas, e tento olhar pro pé dele. Ele segura o pé levantado e aí cai de bumbum. Quase chora, mas eu digo que ele está bem. Não tenho certeza, só que não tem sangue. Como sou a irmã mais velha e digo que está bem, ele está bem e não chora. Com o Grude sentado no chão posso ver onde a farpa tinha entrado antes, mas ele não fica parado, puxando o pé de volta sem querer que eu dê uma olhada ou fique puxando ele toda hora. Mando o Grude parar quieto, mas a resposta dele é aquele som de quando o cachorro interior está triste. Me sinto mal. Eu coloquei o cachorro ali. Eu fiz ele ficar parado.

— Quer a Gwen? — pergunto.

Ele acena a cabeça. É bem do Grude conversar com a cabeça e não com a boca.

— Aqui — digo, dando a Gwen.

— Glen. — Ele se aconchega nela e penso que talvez isso tenha sido um erro porque agora ele vai se acostumar com ela e amar tanto a Gwen que vai achar que ama mais que eu. Então pego no pé do Grude pra ele não tirar nada dali.

Meu irmão fica assustado porque isso faz ele pensar em farpa.

— Abraça a Gwen, funga e não olha — digo.

Ele coloca ela na cara e fecha o olho.

— Tá bom.

Pego o pé dele e olho pro mesmo lugar de antes. Vejo que não tem farpa, então tudo bem. Nada de sangue ou corpo nem nada.

— Você tá bem, Grude. Não se preocupa — digo.

Ele acena com a cabeça e funga na Gwen de novo.

— Glen.

— Você é corajoso — digo, porque é o que a mamãe diria.

Ele funga de novo.

— Pode me devolver ela agora? — Estico a mão.

Ele estende o braço gordo e me devolve a Gwen. Fico feliz e fungo e ela fede um pouco agora com o cheiro do Grude, mas não está tão ruim assim.

— Bom cãozinho — digo pra ele. — Bom, bom garoto.

— Au-au! — Ele fica com o bumbum no chão, mas coloca os braços no ar e mexe os pés nas agulhas. Está com uma cara de satisfeito e acho que sabe que está ficando mais velho e deixando de ser bebê. Ele pode ser corajoso com farpas agora.

Mas farpas não importam porque eu estou com muita fome. Mamãe não veio como disse que viria. Olho por aí e vejo algumas frutinhas suspensas. Estão bem escondidas atrás de folhas. Não conseguia ver elas quando estava andando, mas daqui debaixo nas agulhas dá pra ver onde estão. Fico de quatro, apoiada nos joelhos e nas mãos, pra que as frutinhas não saiam correndo e se esgueirem pra longe. Grrrr, rosno pra elas, porque meu estômago está rosnando também. Mas quando os leões vão comer os cervos eles não rugem, então acho que vou ficar quieta e chegar de mansinho.

As frutinhas não me veem, então coloco uma pata na frente da outra, quietinha, e dou o bote. Seguro a planta com a pata e me abaixo pra pegar uma das frutinhas com os dentes. Então paro e a frutinha está na minha boca; fico preocupada porque ela é vermelha e pode ser o tipo de vermelha que arde na boca. Tiro com os dedos e dou uma fungada. Tem um caule verde em uma ponta e um fininho e marrom na outra. É vermelha, mas não que nem uma cereja, mais parecida com maçã só que bem pequena. Mordo de levinho e um pouco de suco sai, dou uma lambida e sinto que é ardida que nem o chiclete que a mamãe masca; não quente, mas não tão bom quanto o chiclete normal. Mordo e arde um pouco que nem menta, não de um jeito ruim, e mordo de novo. Tem outra planta do lado, que puxo da terra e ponho na boca. Acho mais uma planta e ouço respiração atrás de mim.

— Ei, eu quero. — O Grude tem palavras na cabeça, e elas saem melhor quando ele está com fome.

Não quero dividir. Quero comer tudo, porque o buraco na minha barriga é tão grande que preciso tapar ele. Empurro o Grude pra longe e como outra frutinha, então ouço a respiração de novo e vejo que ele está com olhões bem tristes, que nem os do cachorro interior, e isso faz a minha barriga murchar.

— Tá, uma. — Passo uma fruta.

Ele devora a frutinha como se fosse biscoito, o que não é. Queria que a gente ainda tivesse alguns deles, onde está a lata? Mas eu nem ligo porque estou colhendo as frutinhas e enfiando elas na boca e como o buraco na barriga é grande eu preciso de um montão.

— Mais — diz ele.

Droga.

— Mais, Nana. — Ele fica passando a patinha nas minhas costas.

— Aqui. — Mostro uma planta pra ele e dou de ombros. — Pega algumas se quiser.

Ele sorri um sorrisão que nem se eu tivesse dado doces pra ele, mas não dei. As frutinhas são saudáveis pro corpo, e a mamãe diria que são boas, então, quando ela vier buscar a gente, vou contar que foi comida boa que fiz pro almoço, não besteira.

O Grude coloca o dedo gordo dele na frutinha e puxa, mas ela não quer sair. Tento não olhar, porque preciso comer muita, muita frutinha, e parece que não tem outras, e lá está a mão do Grude de novo, puxando, até que a frutinha cai e rola na terra.

— Ei — diz o Grude, como se a planta tivesse enganado ele.

— Aqui. — Pego a frutinha do chão e dou pra ele, então continuo a colher e comer mais algumas, muitas delas ficando ardidas mas pelo menos um ardido bom. O Grude tenta pegar mais com as mãozinhas gordas e inúteis dele, mas não funciona. Minha mãe diz que elas não funcionavam pra nada quando ele era um recém-nascido, mas me lembro dele agarrando biscoitos então ela provavelmente se enganou. Ele não tinha dentes, mas ficava apertando o biscoito nas gengivas por tanto tempo que o cuspe entrava e fazia o biscoito ficar mole então ele meio que bebia o biscoito. Era como mastigar, só que com as gengivas, sem dente.

— Ajuda — diz ele.

Dou mais um.

— Isso é tudo.

— Por favor?

— Não. Acabou.

— Tá — diz ele, parecendo triste.

Fico ainda mais triste porque estou com muita fome, mas olhar pro Grude me faz sentir como se tivesse um peso no meu peito. Que nem quando a gente tem que correr pela escola na aula de educação física e pegar um bastão que viramos e vemos que está sujo no outro lado de tantas mãos suadas. Droga.

Falo pra ele ficar sentado e pego uma folha, então dobro em volta de outra folha, e aí está uma vasilha. Falo pra ele continuar sentado e coloco a Gwen no colo dele, porque ela precisa de alguém pra ficar segurando ela, e eu preciso usar as duas mãos.

O Grude pelo menos é um bom segurador de Gwen, porque sempre devolve no final. Encontro mais uma planta e colho as frutinhas, então coloco metade, ou um pouco menos, porque sou maior, na vasilha do Grude e meto as outras na boca. Continuo andando pra pegar mais.

— Chiclete — diz o Grude.

Coloco mais na vasilha dele. Chiclete de menta é o que ele sempre rouba da bolsa da mamãe, mas não pode, e ele também engole o chiclete. Isso é o tipo de coisa que poderia fazer papai ir embora. O Grude abocanha as frutinhas e respira pelo nariz porque a boca está fechada e ocupada, mastigando. Ele respira baixinho e rápido, o que significa que está gostoso e que estou fazendo um bom trabalho. Caminho até as plantas de novo e pego mais, então boto tudo na boca dele e na vasilha. O Grude continua mastigando e dou mais. Ele mastiga então pega mais uma, e estou prestes a dizer pra ele que não devia jogar elas por aí, porque não podemos desperdiçar nenhuma no chão, e sim botar na minha boca, quando vejo que não é isso que ele quer fazer, mas sim apertar a frutinha entre o polegar e o indicador e colocar na boca da Gwen. Ela não come, porque só tem um fio preto, não uma boca, mas ele não sabe disso e faz um barulho de mastigação pra ela comer e pergunta se está gostoso. A Gwen parece contente, e posso ver que seu coração mastiga mesmo com a boca parada.

Fico pegando frutinhas até ter que ir longe pra conseguir mais, então ando de um lado pro outro e encontro uma nova planta perto da grama molhada. Depois dela, não vejo mais plantas com frutinhas suspensas. Elas acabaram. Volto pela linha de plantas que fiquei colhendo e encontro algumas, então chego do lado do Grude e sento perto dele e da Gwen. Dou três pro meu irmão e como três, e a gente mastiga. Depois disso, acabou. Estamos os dois quietos e botando o dedo na boca pra ver se sobrou alguma coisa.

— Brigado, Nana.

— Aham.

Eu não estou só de olho; agora sou uma babá, só que muito nova e sem ter dado ouvidos à mamãe. Ficamos sentados um do lado do outro, olhando pras árvores. Penso em cachorro-quente e me pergunto se estou sentindo o cheiro de bacon, mas não posso estar, porque a gente está sozinho.

15.

As árvores em que a gente está deixam tudo na penumbra, mas, também, o céu está ficando escuro. Tem um pouco de luz do sol tentando espiar pelas árvores nas laterais e olhando pra gente e a gente se senta sem saber o que fazer até o sol, que estava ali parado, começar a partir ainda mais. Já dá pra perceber que a parte de baixo se escondeu atrás de algumas árvores. O Grude brinca com uma pedra como se ela fosse uma bola e enquanto isso não consigo ver o sol se mexer, mas ainda assim mais partes dele se vão, até ficar só metade de um sol.

Um dia desses, ficamos sentados na doca perto do meu chalé, vendo o sol atravessar o lago depois de uma tempestade. A gente tinha ficado sem luz, mas mamãe tinha velas preparadas e deu uma lanterna pra mim e uma pro Grude pra gente não ficar assustado. Então pegamos os lençóis pra sentar nas docas e ficar vendo o sol indo dormir. Quando ele se foi a gente voltou pra dentro e o chalé continuou cinzento até finalmente ficar preto. Mamãe disse pra não ter medo porque aquele ainda era o mesmo mundo, só que com menos luz.

Eu falei que queria dar um beijo de boa-noite no papai, mas a mamãe disse que ele não estava no chalé e que ele não vinha.

Eu sabia que ele viria no fim de semana, mas a mamãe disse não, o papai não está na nossa família, está lá em Toronto. Ela colocou a mão na boca e disse "Ah, querida". Vi um pedacinho de tristeza pingar do coração até os olhos, mas a mamãe não mostrou o choro e não cheguei a ver mesmo, porque ela engoliu tudo de volta pro coração. Nossa casa fica em Toronto e nós somos quatro. No chalé a gente era três.

Fizemos um forte com todos os travesseiros no meio do chão, perto do sofá, e a mamãe colocou duas cadeiras do outro lado e lençóis em cima pra servir de teto. A gente se aconchegou lá dentro. Mamãe disse que o forte precisava de um nome, e eu disse que seria Forte Anna, mas mamãe respondeu que seria melhor se tivesse um nome pra todos nós. Ela disse que a gente deveria chamar ele de Forte Whyte, porque quase toda nossa família estava nele. Ficou escuro, com mamãe cantando e o Grude dormindo e roncando em três segundinhos porque sempre cai no sono bem bem rápido. Escutei mamãe cantando acordada e quando ela parou de cantar eu não fiquei com medo. Acordei de manhã e funguei na Gwen. Aí percebi que a minha cama estava embaixo de mim. Dava pra ver aquelas espirais nos nós da madeira que formam a parede do chalé. A luz do lado da cama estava ligada. O Grude respirava na cama do lado da minha, e aquela era a cama dele, com ele deitado na barriga de bumbum virado pro ar.

O Forte Whyte continuava de pé. Mamãe veio do quarto dela, que em breve seria de papai também, e esfregou os olhos. Os cabelos estavam todos bagunçados atrás com uns tufos tortos que ficam a maior zona quando ela deita no travesseiro. Estava usando as cuecas do papai. Dava pra ver que tinha espaço pra um piu piu, mesmo sem o papai estar usando ela. A mamãe só usa cueca quando está com saudades de papai, e nessas horas às vezes usa a camiseta dele também. Ela olhou pra mim e sorriu e me disse venha cá com a mão. A gente rastejou pra entrar no Forte Whyte e mergulhou debaixo do saco de dormir, porque o tempo ainda estava gelado. Ela colocou os braços em volta de mim e era o lugar mais quentinho pra estar. Eu disse que eu amava o forte e mamãe só respondeu que sabia disso e que ele podia continuar montado.

O Grude e eu sentamos. O sol agora é só um pequeno pedacinho que ainda consigo enxergar, e sei que já já vai ficar cinza e, depois disso, vem o preto. Levanto e olho em volta e o Grude olha pra mim.

— Não sai, Nana.

— Não vou. Só tô olhando.

O Grude levanta e vem bem pra trás de mim. Sinto meu rosto quente, porque não tem forte nem saco de dormir nem mesmo uma tenda, e não quero ficar nas árvores. Meus ossos estão que nem pedra por dentro, e preciso de um monte de músculo só pra levantar um pé. Dou alguns passos, olhando ao redor, e o nariz do Grude fica respirando logo atrás, um pouco gelado. Me viro e olho pra ele, que está sem calça. Mas meu irmão é gordo e os ossos dele não tremem que nem os meus porque ele é bem mais gordinho. A única coisa que vejo que parece o nosso forte é uma árvore meio caída. A parte de baixo dela se levanta como uma mão bem aberta, tombada no chão, menos a parte de um pequeno forte que não é bem um castelo mas seria se tivesse uma torre alta e dourada, bem onde a árvore se fincava no chão antes de cair. Falo pro Grude vir junto e a gente vai até ela e posso ver que tem uma partezinha com um teto que dá pra cobrir um pouco a gente.

— Aqui, Grude. — Aponto. — Cama.

— Cama?

— Que nem no forte.

— Forte? — Ele parece animado e olha em volta, procurando o sofá, mas não tem sofá.

— Não o da mamãe. O nosso forte.

O Grude olha pro ponto escuro debaixo da árvore.

— Forte da mamãe.

— Não um castelo, porque nem tem torre.

— Mamãe?

— A mamãe não tá aqui.

Ele fez um bico e posso dizer que o Grude está assustado. Eu mesma nem gosto tanto assim desse forte, porque ele nunca vai ser tão bom quanto o da mamãe.

Fico de quatro e rastejo pra debaixo da árvore. Tem agulhas de pinheiro espalhadas pelo chão que vão servir como fundo da cama. Isso é seco. A árvore é mais alta no começo e vai abaixando conforme desce até a terra, então dá pra colocar minha cabeça e meus ombros na parte de cima e me encaixar até os pés; é só encolher um pouco as pernas dobrando os joelhos. Me deito de costas e olho pra cima e a árvore parece pele descascando, mas com um cheiro ardido bom, diferente do chiclete. Me viro pra olhar do outro lado e lá tem uma abertura onde posso ver as árvores. Elas agora estão cinza mais escuro.

Queria que o nosso forte fosse mais que nem um castelo, talvez com laterais parecidas com as do lençol, que dava pra ver entre as cadeiras e que funcionava como porta. Deixo a Gwen lá dentro porque ela está bem cansada e quer dormir, e rastejo pra fora de novo, onde vejo o pipi do Grude fazendo xixi no chão. Ando pela ponta da árvore. Tem alguns galhos grossos no chão, e dois deles, mesmo quebrados, ainda têm as agulhas. Pego esses e equilibro na frente da árvore. É difícil, então só consigo fazer isso com um, porque ele rouba todo o espaço e não dá pra deixar o outro de pé sem derrubar todos. Volto pelo outro lado e olho: dá pra enxergar através, com ar passando pelas agulhas, mas nosso lençol tinha furos também, então tudo bem. O Grude se agacha com as mãos nos joelhos e o pipi de fora, e está tudo mais cinza-escuro agora, então fica olhando, mas não sei se ele consegue me ver. Tudo em volta está mais e mais cinza e logo a gente não vai mais conseguir ver muito. Estou tremendo um pouco de frio e nervoso na barriga.

O Grude está esperando.

— Dormir?

— Não sei.

Ele mexe a cabeça pro outro lado como se não entendesse, porque não entende e eu também não.

— Vem pra dentro, Grude — digo.

— Nana?

— Sim. — Pego a Gwen pra me aconchegar.

O Grude faz só uns barulhos altos quando respira, mas não fala nada.

— Vai dormir, Grude.

— Dormir?

Meu joelho encosta no pipi do Grude e eu penso droga e fico deitada de lado. Agora é melhor, com algo tampando o outro lado do forte. Fecho os olhos e junto as mãos e faço um pedido por um lençol e uma lanterna e já que estou pedindo também vou precisar de mamãe e um biscoito pra comer, não pra deixar de enfeite, e de papai também. Abro meus olhos e nada. Só o Grude. A gente está em dois.

16.

MINHA CABEÇA está formigando como a minha língua e não sei responder o que estou fazendo deitada debaixo de uma árvore. Está escuro e a gente não devia ficar na floresta sem a mamãe ou o papai tão longe assim do chalé, menos quando usamos a canoa e a barraca vira o novo chalé, mas não estamos tão longe dela e mesmo assim a barraca não está aqui. O Grude é que nem a fogueira, mas só morno, não quente o suficiente pra assar marshmallows, então eu e a Gwen nos aconchegamos nele. O Grude se encaixa no meu peito e o bumbunzinho dele está encostado nas minhas pernas então tomara que ele não faça xixi. O mais importante é que ele é quente. Eu queria que me deixassem comer um marshmallow. Coloco meu braço em volta do Grude, então Gwen está perto do meu ombro e ficamos como se o Grude fosse que nem uma Gwen crescida. Ele coloca a cabeçona dele, que está tremendo, no meu braço, pra repousar como se eu fosse um travesseiro. Queria ter um. O Grude para de se agitar e está um pouquinho mais quente agora. Seria melhor ainda ter um cobertor e mais comida e marshmallows enormes, tão grandes quanto a cabeça do Grude, que levasse a noite inteira pra comer. Eu poderia comer o meio e então me aconchegar lá dentro. Seria tão, tão confortável. Penso será que princesas dormem em marshmallows e acho que devem dormir.

Ouço um iiiiiiii e detesto esse som. Está perto da minha orelha e não posso enxergar, mas já sei que é um mosquito porque já fui mordida um bocado antes. Eles gostam bastante do meu sangue. Uso minha mão pra esmagar ele no meu ouvido. O iiiiiii para e penso *ahá*! Fecho os olhos de novo e então nada, mas aí: iiiiiiiii. Quero chamar mamãe pra ligar a luz e matar o bicho. Ela é a melhor matadora de mosquito da família e consegue esmagar eles até no escuro ou na barraca. Só coloca o dedo e faz um squish em cima. É gentil. Eles são sortudos pela minha mãe usar só a ponta do dedo pra matar eles. Meu pai não usa as mãos, usa um mata-moscas, porque diz que não quer os corpos deles na pele. Às vezes se eles já morderam alguém sai sangue e fica tudo nojento. Eu concordo, então é melhor quando tem o mata-moscas ou quando mamãe cuida de tudo, mas agora é só minha mão e não tem luz pra eu enxergar. Sinto ele tocando minha bochecha como uma pena levinha, que faz cócegas, e bato na minha cara, mas o iiiiiiiiiiii continua. Não gosto disso e achei que a mamãe tivesse dito que os mosquitos acabaram até o ano que vem. Lembro da vez que levei uma mordida bem em cima do olho e fiquei inchada como se alguém tivesse me batido na cara, só que ninguém tinha. Um mosquito botou um canudinho na minha pele pra beber de mim que nem de uma caixinha de suco. Isso é nojento se alguém mais quiser um gole. O cuspe fez o meu olho ficar inchado e eu quase não conseguia enxergar, só uma pele rosada que ficava pendurada em cima dele. Quando eu punha a mão, conseguia ver a ponta dos meus dedos, mas não sentia a pele. Era como se não fosse minha.

Agito a mão rápido perto da orelha, porque às vezes dá pra mandar um mosquito voando pra longe, que nem um ventilador, de um jeito que eles não conseguem ficar no ar que querem e acabam indo pro lado em vez de ir pra frente. Seria como se alguém tivesse pegado a calçada em que eu estou andando e chacoalhasse ela toda e eu caísse sem querer. Acho que ele está agora perto do Grude e para, então está tudo quieto de novo. Não esmaguei o mosquito e não sei se mandei ele pra longe. Acho que pode estar botando o canudinho no Grude e que ele é mais gostoso que eu. Meu irmão é tão mole e rechonchudo que deve ser a melhor caixinha de suco que um mosquito pode querer e aposto que aquele mosquitinho está bem feliz agora, então logo ouço o iiiiiiiii. Mas está mais devagar e imagino ele carregando uma caixinha pequenina de suco cheia do sangue do Grude, segurando com os pés e precisando bater as asinhas com muita força. São tão finas que parecem papel, mas papel meio transparente como aquele que a gente usa pra embrulhar presentes. Iiiiiii iiiiiii e então fica mais baixo iiii e então um segundinho e um zumbido depois, ele vai pra longe e não dá mais pra ouvir nada. Ufa.

Encolho as pernas com mais força em volta do Grude. A pele dele está fria, mas os ossos dentro estão quentes, então eu fico bem pertinho. Acho que ele está dormindo, mas ainda não, e isso é bom, porque estou me sentindo sozinha. Quando é hora de dormir e a gente divide um quarto ele sempre cai no sono antes de mim. A mamãe diz que demora mais pra eu desligar o cérebro e seria legal ter um interruptor que nem o que eu uso pra desligar a luz. Seria só fazer clique. É assim que o Grude faz, porque o interruptor fica nas pálpebras dele. Ele só fecha o olho e clique. Levanto a cabeça um pouquinho pra ver se ele já fechou os olhos. Bato a cabeça na árvore. Eu nunca tive uma árvore em cima da cama antes, então esqueci que ela estava aqui. Levanto minha cabeça mais devagar, só até encostar na árvore, e lembro do ardido que eu gosto. Posso ver os olhos do Grude meio abertos e meio fechados. Ele sabe que estou me mexendo e não quer ficar pra trás. Está de olho em meus movimentos mas não consegue ficar acordado. Coloco minha cabeça pra baixo de novo e nunca mais vou dormir por um tempo muito longo, talvez pra sempre.

17.

Meus olhos abrem e minhas mãos estão apalpando as agulhas. Estou com medo e sem saber o que está acontecendo. Minha mão roça no pelo da Gwen e o ar sai do meu corpo. Achei que ela estava perdida, mas não está, então dou um abraço bem apertado e fungo. Estou feliz e grata por ela não ter se perdido. Quando você tem um sonho e ele parece real, você pode acabar fazendo xixi na cama. Preciso ir no banheiro agora e grito e grito, mas o papai não vem. Ele me ajuda a ir no banheiro de noite quando estou com medo, porque às vezes pode ter monstros no guarda-roupa ou debaixo da cama à noite. Nunca se sabe. Aqui só tem o Grude deitado. Ele rola e a cabeça dele bate em mim. O ar entra e sai do nariz dele. Estamos em dois. Não quero o Grude, quero o papai, sinto tanta falta dele que a minha barriga fica esquisita. Papai é quentinho e o braço dele tem gosto de sal. Ele tem sobrancelhas grandes que sobem quando ele está rindo e dentes grandões também. Mas ele tem pavio curto, então a gente tem que ter jeitinho quando as sobrancelhas estão pra baixo.

É muito importante quando as sobrancelhas do papai estão pra baixo. Não quer dizer que ele seja mau. Quer dizer que, quando apronto alguma coisa, o cabelo dele fica mais pegajoso e os dentes grandes aparecem. Ele rosna de vez em quando. Não porque não me ama, mas ele está cansado ou com fome, então não é só a barriga dele que rosna, mas a boca também. A gente leu um livro que nós dois gostamos que é sobre um garoto chamado Charlie que adora chocolate que nem eu. Eu gosto da Veruca porque ela apronta um pouco. Papai diz que o que você imagina de vez em quando vira verdade. Eu pergunto o que isso quer dizer. Ele responde que o que você tem é sempre melhor do que você imagina na sua cabeça, então tem que ter cuidado com o que se deseja porque pode virar verdade e pode ser horrível.

Não estou na cama e dá pra ouvir barulho de animais lá fora. Estou muito assustada. Papai está zangado e foi embora. A cara dele estava fora do carro. Eu estava no banco de trás com o Grude e a Gwen, e a mamãe estava com as mãos no volante fazendo a curva com o rosto branco e duro que nem pedra. O lugar do papai estava vazio porque ele estava fora do carro. Olhei pra ele e queria que entrasse. O rosto do papai veio pra perto da minha janela e ele botou a mão no vidro. Deu pra ver ela de perto, todas as linhas que parecem estradas e aquela que mostra que sua vida vai ser longa. Ele disse "Eu te amo, Anna" pra mim, com o som abafado por causa do vidro. Tentei segurar a mão dele, mas só consegui roçar na janela.

Achei que ele estivesse tirando a mão e eu queria fazer a janela descer pra tocar e falar pra ele botar a mão de volta. Mas vi a garagem girando. O carro estava indo embora. A mão dele continuava no mesmo lugar e o rosto parecia a cara que ele faz quando come limão sem bolo em volta. O carro faz vrum. A gente estava indo pro chalé, pra ficar lá por um bom tempo. Falei pra mamãe parar porque a gente tinha esquecido papai. Ela não falou nada, nem olhou pra nada e continuamos descendo a rua. Virei e vi o papai parado lá todo sozinho. Gritei pelo papai e ele ficou menor e menor até estar do tamanho do meu polegar. Então sumiu.

— Mamãe! — grito.

Espero um pouco do lado de fora. Só consigo ver o Grude. Não tem ninguém aqui, só um animal que está tão perto que sinto que ele vem me pegar. Abro um pouquinho o olho para espiar e vejo que está tudo muito escuro. Não estou na minha cama e as agulhas ficam me pinicando um pouco onde meu pijama cai e deixa meu cofrinho de fora toda hora. Puxo a roupa de volta. Está frio e não tem cobertor pra eu puxar até o queixo. O animal está fazendo um rosnado grave. Eu queria já estar em casa. Abro mais os olhos e o animal continua rosnando como se não quisesse isso, mas estou assustada demais pra ficar sem enxergar, então continuo com os dois bem abertos. Quando não consigo ver nada no escuro, a mamãe diz pra ficar com os olhos abertos que eles vão aprender a enxergar depois de um tempo. E meus olhos começam mesmo a aprender. Dá pra ver a árvore pertinho da minha cabeça. O animal deve ver isso também e não vem me pegar porque estou numa caverna. Está esperando eu sair. Olho pra fora e continua tudo bem escuro, e consigo pra ver a forma de uma árvore alta na floresta, e outra também. Depois delas vem a parte mais aberta onde o cavalinho estava mastigando no chão.

Não dá pra ver o bicho, mas talvez dê. Tem uma forma preta perto da árvore com um rosnado que é tipo grrr gaaa grrr gaaa que me faz saber que está ali. E vai me comer, porque não tenho um exército ou uma espada, tirando a que fica dentro da minha mente e que eu não estou conseguindo achar. A Gwen está perto do meu rosto e bem assustada, porque também ouve o grrr gaaa. Nós duas olhamos pra fora, esperando que nossos olhos vejam o animal melhor, pra saber pra onde correr. Ele é bem escuro e parece arredondado no topo, que nem um morrinho. Deve ser bem grande, o que dá pra ver pelo barulho. Não dá pra enxegar olhos nem dentes, mas eu sei pelos sons que está mostrando os dentes tipo o Snoopy pro carteiro. Quando isso acontece, a Sra. Buchanan pega o Snoopy por debaixo da mandíbula e eles se encaram nos olhos até a Sra. Buchanan dizer "Ah, o que o pobre homem fez pra merecer esse tratamento horrível de você?". E é aí que percebo que é o cachorro preto.

Meu coração rola do peito pro chão e eu não consigo colocar ele no lugar. Estou tremendo e sei que tenho muito medo, mas as minhas pernas estão molhadas e fica quente por um momento. A Gwen está no meu rosto. Boto a mão pra baixo pra ver e está tudo molhado. Fiz xixi na calça. Está tudo bem, porque fica um pouco mais quentinho, mas então gela rápido e estou tremendo e não consigo parar. Não sei se o cachorro preto é muito grande e não sei se ele vai me arrastar pra fora da árvore. Grrr gaaa grrr gaaa, ele continua a me assustar e queria só que mordesse de uma vez porque não quero mais ficar assustada. Não quero ter que ficar debaixo de uma árvore e meu estômago fica rolando pra fora e pra dentro. A tremedeira faz parecer que meus ossos vão se chacoalhar até sair do corpo ou que meus joelhos estão se desfazendo aqui embaixo. Encaro enquanto o cachorro preto fica lá sentado como um leão de olho num cervo esperando ele se mexer pra pular e rasgar com suas garras e morder no pescoço ou até mesmo se agarrar nas costas e ser levado pra um passeio nas costas do cervo quando ele tenta fugir.

O cachorro preto está esperando eu me mexer porque é assim que ele sabe que eu vi ele, então eu sei que agora não posso me mexer ou deixar ele saber que consigo ver seu corpão lá sentado, parecendo um morro preto. Grrr gaaa, ele rosna, mas acha que não dá pra eu ouvir, porque é que nem uma respiração pra ele. Ninguém percebe que dá pra ouvir a respiração que está fazendo, então eu só tenho que ficar deitada bem no lugar. Gwen e eu não nos mexemos, e meu xixi começa a congelar na perna, além de cheirar mal, mas eu deixo tudo como está. Meus joelhos continuam a tremer e eu queria botar a mão neles pra impedir que se soltem, mas isso seria se mexer e o cachorro preto veria. Mal respiro e fico muito parada porque é o único jeito de continuar viva. O cachorro preto vai atacar se eu me mexer. Então fico parada. Não mexo nem um dedinho.

18.

Tem luz no meu olho e eu estou com muito frio. Ouço o grrr gaaa e me lembro do cachorro preto, então abro um pouco o olho. A Gwen está comigo. Dou uma espiada e não consigo ver o cachorro preto, só um toco com musgo verde e agulhas de pinheiro e uma árvore e outra árvore, então o cachorro preto foi embora. Grrr gaaa parece a respiração dele, mas olho pro lado e o som está saindo do Grude. O nariz dele faz grrr gaaa. Ele deve ter ouvido o cachorro preto e está tentando fazer o mesmo som, sei lá. Talvez o Grude pense que se ele fizer um som igual o cachorro preto vai ficar assustado e ir embora, porque ele é a coisa mais medonha do mundo, então a única coisa que vai assustar ele é ele mesmo. Ou então o Grude pensou que o cachorro preto fosse arrastar ele pra longe, e meus ossos ainda tremem, mas agora é mais de frio que de medo. A Gwen está bem e a cabeçona do Grude está no meu braço. Tento empurrar ele pra levantar, mas não dá. Acho que esse é o fim do meu braço, não vai mais se mexer. É então que eu sei que o cachorro preto comeu meu braço. Não está mais lá no meu ombro.

Olho pros meus dedos do outro lado da cabeça do Grude e eles não se mexem. Parecem salsichas. Tento agitar eles, mas não consigo. Tento esticar a mão por cima da cabeça do Grude pra tocar as salsichas e elas estão frias e azuladas, como se estivessem na geladeira ou no congelador. Agora são só gelo e precisam ser ir para a panela pra serem comidas. Esse deve ser o plano do cachorro preto.

— Grude? — sussurro.

— Ahm? — Os olhos dele estão bem fechados e ele está sujo, então deveria tomar um banho.

— Comeram a minha mão.

O Grude senta. Parece que está sentado na lua.

— Mamãe?

— Minha mão morreu — digo, e ainda estou nas agulhas, porque é difícil me mexer com salsicha no corpo. Tento agitar meus dedos pra mostrar que não dá mais, mas ele não sabe que estou fazendo isso porque nada acontece. — Não dá pra mexer.

Ele olha pra minha mão e olha de volta pra mim. Sei pelo olhar dele que está com fome. Eu também estou. Talvez isso signifique que ele queira comer minha mão se isso é tudo o que tem a dizer sobre ela. Espero que não.

— Band-aid?

Sei que ele quer um, mas só cortes com sangue podem usar band-aids. Se não fosse assim o Grude iria querer um monte nos joelhos só porque deu uma batidinha.

Então as agulhas no chão começam a pinicar a minha mão e, ai, dói demais. Levanto e bato a cabeça na árvore, ai. O Grude pula pra sair da frente e aaah, meu braço está sendo atacado por agulhas, mas agora estou de pé e não tem agulhas tocando meu braço, mas seus olhos de agulha têm raios laser que estão atacando a minha mão toda. Só que então posso mexer e tento bater na mão com a outra. Pulo de um lado pro outro, mas não tem nada que faça as agulhas pararem, nem mesmo as invisíveis. Dói muito,

muito, e o Grude só fica lá assistindo porque não tem sangue nem band-aids. Quando fico pulando, tudo começa a melhorar, mas meu polegar foi atacado. Meus dedos estão curvados e fechados e agora posso estender eles. Sinto de novo minha própria mão. Mando ela fazer um punho e ela faz. Continuo mexendo porque não consigo acreditar que ela foi cortada e agora está de volta e se mexendo. É como um truque de mágica. Levanto e olho pra ela, porque achei que seria uma garota de um braço só pra sempre. O Grude está de pé olhando pra mim e não sabe o que está acontecendo. Tudo o que ele faz é deixar um tico de xixi sair do passarinho dele. É bebê demais pra eu contar o que aconteceu e o que eu vi de noite. Ele ia ficar assustado e chorar demais, mas eu sei: o cachorro preto está em guerra com a gente.

Levo o Grude pra poça de achocolatado, bebo e ajudo ele a beber. Não pegamos peixe. Está frio e a gente está cansado. Levo o Grude de volta pra árvore.

— A gente precisa da mamãe e do papai — digo.

— Sim — diz ele, com uma cara de quem está bem triste e cansado e com o rosto mais parecido com um tomate amassado do que o normal. Ponho a mão na bochecha e está quente, deixando a marca branca do meu dedo. Fico vendo a marca lá por um momento, então ela some e a pele muda de cor, não de volta pro normal, mas pra vermelho.

— Ai — diz o Grude.

Olho pro meu braço e está a mesma coisa, com uma marca de dedo também, mas não tão forte. Pode ser porque é o meu próprio dedo. Não fica uma marca tão branca. Se outra pessoa tentasse deixar marca de dedo em mim, seria mais branco, que nem aconteceu com o Grude. Mas o dedo dele é pequeno e não conta, e não tem mais ninguém.

A gente ficou com marcas de dedo lá no chalé, quando estava fazendo muito sol. O sol estava bem quente, desceu e esquentou a minha pele até queimar. Eu devia estar usando uma camiseta quando fui pro lago. A camiseta começou a nadar e flutuar quando eu estava tentando nadar, me puxando pra dentro da água. Falei pra mamãe que não dava pra nadar com a camiseta e ela respondeu que então a gente devia voltar pra dentro e ficou zangada. Foi no dia em que o Grude se perdeu no chalé e acho que ela já estava brava por causa disso, que estava prestes a acontecer. Estávamos brincando e a mamãe fazendo o jantar e resmungando várias vezes porque não tinha papai pra ajudar. Ela disse que agora eu devia agir como mais velha e ajudar mais. Meu trabalho era ficar de olho no Grude e brincar, então eu disse que devia ganhar gelatina de sobremesa porque nunca pude comer uma antes. Jessica disse que gelatina se balança e é muito legal. Não sei como isso acontece, porque quando eu agitei a caixinha o som que saiu era como se tivesse só um punhado de areia lá dentro que nem na praia. Mamãe ficou brava porque eu disse que não estou velha o bastante pra ser paga pra ser babá. Eu só devia brincar. E fiquei brava também porque não ganhei gelatina. Achei a caixinha na despensa e quis comer na janta, mas mamãe disse "Não confio nisso aí" sem gostar de como se agita e achando nojento. Ela xinga e sai pisando forte pro quarto, os pés tão bravos que eles fazem ploc-ploc-ploc nos chinelos. Aí ela sai. O Grude está com as mãos nos ouvidos e estou triste. Queria Gwen, e ela estava sentada na minha cama do chalé, então a gente se aconchegou juntas.

Mas então mais tarde mamãe chamou "Grude, Alex, Grudezinho, me responde, querido" e a Gwen e eu descobrimos que o Grude tinha sumido. Mamãe estava gritando pelo chalé e implorando pro Grude sair de onde quer que estivesse, preocupada com a água e as cobras. Gritou e me disse pra gritar mas então falou:

— Não grite. Vamos ficar quietas por um momento, porque ele pode estar se assustando.

A Gwen e eu sussurramos "Ei, aqui, Grude, Grudezinho". Mamãe ficou muito zangada e disse que não fiquei de olho nele. Pediu pra Jesus achar ele.

Mamãe me disse pra ficar no lugar e então pelo menos eu não saí de lá. Eu soube que pela primeira vez estávamos em duas. A Gwen e eu sentamos e meus pés ficaram formigando. Fiquei assustada. Queria estar com a mamãe, mas ela estava procurando o Grude no armário. Pensei que a gente devia rezar pra Deus, não Jesus. Isso foi errado, porque Jesus não trouxe o Grude de volta. Mamãe estava chorando. Consegui ouvir ela dizendo que achou que ele estava comigo. Fiquei triste e zangada com o Grude, porque aquilo tudo era culpa dele e eu que fiquei encrencada. Sei o que fazer quando me perco por acidente. É só ir lá pra frente da loja e esperar a mamãe ou pedir pro homem vestido de polícia que fica de olho nos ladrões de loja encontrar ela pra mim. Não falo com estranhos. O estranho vai ser superlegal e vai ter doce e também um sorrisão bonito. Ou de vez em quando vai ter uma van branca com cachorrinhos dentro que eu vou querer ver, mas não posso dizer que quero ver, mesmo querendo. O estranho não é um policial nem a moça que aperta todos os botões no caixa que conta nossas compras. O Grude não sabe de nada disso.

A Gwen disse pra mim que a gente devia sair do chalé, então a gente se esgueirou pra fora até chegar lá nas pedras. Tem um cheiro de como se estivesse quente, e vejo a água brilhando pra mim, as docas como se fossem uma língua de fora. Andei até a ponta da língua.

— Oi.
— Oi, doca.
A doca não respondeu.
— Alô, doca!
— Nana?

O som não veio como se viesse da doca se ela pudesse falar, e eu não pensei que fosse vir de qualquer jeito. Olhei pra baixo e estava quase escuro, e lá estava o Grude metido do lado da pedra. Era uma pedra enorme e redonda. Até maior que a cabeça e o corpo dele. Era difícil de enxergar, porque a camiseta era da mesma cor da pedra e tudo nele é redondo também.

— É você, Grude?
— Oi.
— O que você tá fazendo?

Ele não disse nada. Ficou olhando pra mim e pra água. Virei pra olhar pro mesmo lugar. Tudo o que vi foi o lago e os brilhos e as árvores que estavam bem longe do outro lado, apontando pro céu como se tivessem flechas no topo.

— Papai — disse o Grude.

E como eu falo grudês eu entendi o que ele estava fazendo. Achou que o papai estivesse vindo. Olhei pro lago e nada de barco. Não vi o papai, mas quero o papai e espero pra ver se consigo enxergar ele. Amo ver o papai porque ele me pega e me balança bem rápido como se eu fosse voar até o céu, mas sem voar de verdade. Ele me segura pelo sovaco e eeeee pra cima e pra baixo e pra cima então dá um abração apertado com os dois braços. Ele coloca o bigode que espeta no meu pescoço e respira quente e ri e diz que sentiu muito a minha falta, muito mesmo. E então faz isso com o Grude também, só que com eeeees menores porque o Grude uma vez ficou assustado e começou a chorar, mesmo que aquilo fosse pra ser um oi feliz. Sei que ele quer um abraço do papai. Ele se perdeu porque estava sentindo falta do papai e decidiu esperar o barco. Papai deve estar voltando em breve. Mesmo que a gente tenha deixado ele pra trás de propósito. Eu e o Grude não sabíamos. Mal posso esperar pra ver o papai.

19.

Preciso fazer xixi, então saio do nosso forte na árvore e sento perto do toco. É pouco xixi. Chuto terra por cima dele e volto pro forte. O Grude continua embaixo da árvore e está fedendo lá agora, então vejo e percebo que ele fez um pouco de xixi ali dentro.

— Grude! — grito, muito zangada.
— Quê?
— Esse é o meu lugar.
— Nana?
— Você fez xixi no meu lugar.

Ele olha pra pocinha de xixi, mas é como se não ligasse. Estou ficando cheia do Grude, porque ele pensa que todos os problemas dele são meus problemas só porque ele fica encarando tudo e não faz nada. Fico tão brava que minhas duas mãos estão em punhos e eu faço grrrr.

— Sai! — grito.

O Grude olha pro xixi e nem percebe que botou aquilo ali. Ele está me fazendo cuidar de tudo, só sentando por aí que nem um toco, então estende um dedo como se fosse tocar aquilo. Quase falo pra ele não fazer isso, mas então nem ligo. Ele bota o dedo no xixi e depois tira, porque só percebe que é nojento depois de botar o dedo. Então limpa na camiseta do pijama.

— Bota terra em cima — digo. Tenho que ter todas as ideias como se eu fosse a mãe. Ele olha pra mim, então olha pro lado do nosso forte e vê a árvore que eu arrastei pra fazer uma parede. Ele puxa ela até tirar um graveto, que usa pra cutucar o xixi. Mexe na poça como se isso fosse fazer ela sair do meu lugar. Estou tão brava que sinto que a minha cabeça está tão vermelha que vai ser uma explosão de vulcão saindo do topo do meu pescoço.

— Você é muito burro pra cobrir o xixi — grito pra ele com minha voz de dar medo. Pego uma pedra e uso ela como pá pra colocar a terra em cima do xixi até ele diminuir no chão do forte. — Você é burro burro burro.

Tenho que raspar as agulhas de pinheiro com uma pedra plana pra fazer o xixi todo sumir e é tão nojento que sinto vômito subindo na garganta. Ele quase sobe tudo, mas não chega até o fim.

— Grude burro — grito, e finalmente o xixi todo sumiu, então dá pra sentar de novo. Os olhos do Grude estão molhados e eu posso ver uma lágrima vazando, mas nem ligo.

— Ajuda, Nana — diz ele.

— Arrghh — grito na cara do Grude e ele se encolhe, assustado, o que é bom, melhor pra ele ficar assustado porque arrrgh sou maior que ele e posso socar ele a hora que eu quiser. Ninguém está aqui pra me impedir. Piso forte e digo pra ele sentar fora do forte. Ele tenta trazer o cachorro interior e anda de quatro com a língua pra fora, mas não ligo. Ele sorri como se a gente fosse amigo, mas a gente não é. Ele fede e eu odeio ter um irmão. Ele tenta me dar a patinha e até late um pouquinho, mas vê que eu não quero o cachorro interior e não estou ligando. Ele faz um chorinho e vai tentar sentar dentro do forte.

— Não — grito. — Não dentro do forte. Grude mau.

Os olhos dele estão tristes e eu também não ligo.

Preciso ficar de olho no cachorro preto, então olho de um lado pro outro. Quero saber quando ele vai voltar. Eu não sei, mas é melhor preparar as minhas armas, porque pó de fadas não é muito grande pra esse poder. Ando de um lado pro outro procurando um bom graveto e, finalmente, depois de um tempão, encontro. É grande o bastante pra segurar na mão, mais grosso que o meu polegar e quase do tamanho do meu punho. Encontro outro ainda maior, quase da grossura da minha perna, mas esse eu tenho que pegar e levantar com as duas mãos. Isso não é bom porque vai ser difícil me esgueirar até o cachorro preto com isso, já que eu tenho que chegar perto pra bater nele e, se eu errar, ele pode só chegar e me morder. Em vez disso, preciso de um graveto que dê pra jogar que nem uma lança, e assim decido que o primeiro graveto é bem o que eu preciso. Tento jogar umas vezes, e ele acerta a terra e quica e fica lá caído de lado. Tento de novo e a mesma coisa acontece, então entendo que preciso fazer o graveto terminar em uma ponta. Aí vai ficar bem preso na terra e também no cachorro preto.

Tenho uma pedra plana que é boa, porque dá pra raspar o graveto nela até fazer uma ponta. Queria ter um facão porque aí era só amarrar ele na ponta e tudo já estaria certo, mas preciso raspar e quando eu começo meus braços cansam rápido. Mas como não quero que o cachorro preto volte sem eu estar pronta continuo a raspar. Encontro uma pedra ainda mais plana com uma quina afiada, pego ela e, eca, é a pedra do xixi. Digo grrr pro Grude, que está sentado perto do forte, me ignorando. Limpo minhas mãos na terra e encontro outra pedra, uma melhor, que uso pra raspar na ponta e funciona. Coloco o graveto no meio dos pés pra segurar e sento nas agulhas e raspo, mas então pedacinhos de madeira saem do graveto. Demora um tempão, e tenho que ficar fazendo pausas, mas eu consigo uma ponta boa de novo.

Jogo o graveto pra testar, e ele fica um pouco mais preso no chão. Vejo o Grude sentado lá que nem um caroço. Ele tem dois gravetinhos que não servem pra nada, mesmo ele pensando que são carros. Se são carros, não são rápidos. Faço um rugido bem alto e o Grude se vira e os olhos dele estão inchados, mas ainda assim se arregalam e o Grude parece assustado. Tudo o que ele faz é chorar. Grude burro. Não vai servir pra nada quando o cachorro preto chegar, vai tudo depender de mim, tudo depende de mim. Me viro e furo o chão. Encontro um lugar onde a terra é mais fofa e posso deixar o graveto preso, então pratico. De novo e de novo eu faço rugidos que nem um papai e finjo que a terra fofa é o cachorro preto. Ele fica assustado e eu mato ele. E então eu sou a rainha da terra e ninguém mais pode ser.

20.

ESFREGO AS mãos na terra porque tem algo errado com a minha pele. Espero o sol vir me esquentar, mas ele não vem, e eu estava sentada com a minha pedra de afiar e encontrei uma bolha bem no meio dos dedos. Acho que o cachorro preto deve ter cuspido em mim e feito minha pele pegar fogo e agora ela está derretendo. Às vezes a pele coça enquanto derrete e é uma sensação muito ruim. Tem mais algumas bolhas que eu acho pelo braço. Esfrego elas na terra porque acho que vou me sentir melhor se essa parte da pele sair logo depois de esfregar. Minha pele saindo vai me deixar triste, mas sempre tem mais pele por baixo, que nem casca de ferida. Talvez saia sangue, o que valeria um band-aid, mesmo que ainda não tenha sangue. Acho que a mamãe concordaria. Ou talvez dissesse que essa pele precisa respirar. Quando eu tenho certeza que um corte merece band-aid, às vezes mamãe diz que não, que a ferida precisa de ar. Vejo o Grude pelo canto do olho, mas não estou com vontade de falar com ele porque coça coça coça.

— Nana? — diz o Grude. Dá pra ver pelo jeito como fica longe e diz meu nome que ele ainda sabe como estou brava sobre o xixi.
— Nana? — pergunta de novo.

— O que foi? — Não olho pra ele. Estou olhando pra minha mão. Uma das bolhas estourou, então devo me sentir melhor. Não vejo sangue, mas tem uma coisa que parece sangue amarelo escorrendo da bolha pro meu braço. É nojento, eca. Espero que fique melhor, porque está estourada e escorrendo, mas ainda coça demais. O Grude vem bem pra minha frente e olha também.

— Band-aid? — diz ele.

A gente sempre quer saber quando vai ganhar band-aids.

— Não sei.

— Ai.

— O que foi?

Ele vira e não tira as calças, porque não está usando nenhuma. O bumbum dele está vermelho e tem bolhas em toda parte. O cachorro preto cuspiu um monte nele.

— É cuspe.

— Ai, Nana.

— Bumbum bolhudo — digo.

— Não gordo. — Ele se vira e franze as sobrancelhas pra mim.

— Você tem bolhas no bumbum. O cachorro preto cuspiu em você com a baba dele e agora ela está comendo a pele do seu bumbum.

— Iiiii. Coça — diz ele, botando a mão no bumbum e começando a coçar.

Nós dois estamos com bastante coceira na pele e dentro dos nossos corpos e tentamos coçar. O Grude começa a chorar. Eu queria que ele não fizesse isso, porque eu quero chorar também. Sou crescida e mesmo assim sempre choro. Mamãe diz pra eu parar e eu não consigo. Choro quando pegamos o papai, porque eu não via ele fazia muito tempo. Mamãe diz que não se chora quando alguém não te vê faz um tempo, porque tudo o que vão lembrar é que você chora. Não lembrarão tanto que você sorri. Mesmo assim, eu choro e a mamãe diz que ela sabe que a gente tem dificuldade e ela tem dificuldade também. Mas ela diz que o papai está vindo e que vamos todos ficar bem. Ela diz que se você superar as coisas difíceis vai ficar muito muito forte.

O Grude faz um barulhinho, mas não chora, e a gente fica sentado debaixo da árvore. Estou com muito frio e tremendo um pouco, mas ao mesmo tempo meio quente e sem me sentir muito bem. O Grude também não, mas não diz porque não sabe falar direito com seu cérebro minhocudo. Mesmo assim ele fica de joelhos e se arrasta pra perto de mim e coloca a mão no meu colo. Lembro que fiz xixi na calça por causa do cachorro preto e está fedendo, mas ele não liga. Só deita, faz sonzinho de choro que nem o do Snoopy e fecha os olhos. Coloco a minha mão nele como a mamãe faria.

— Tá tudo bem — digo.

Estou com tanta fome. Espero que seja que nem aquele dia em que acordamos e era Dia do Papai porque a mamãe começou a aprontar as coisas no chalé pra fazer um bolo e deixou a gente lamber a colher. E a mamãe me deixou lamber a colher porque fizemos bolo e o papai estava vindo pro chalé pra fazer parte da família. Talvez tenha sido um engano a gente ter deixado ele pra trás, um acidente. Então a gente ia comer o bolo. Mas não as batedeiras, porque a gente não tinha no chalé aquelas batedeiras onde você aperta um botão e a parte de metal sai e dá pra lamber. A mamãe usou só o braço. Fiquei triste por isso, mas aí raspei o tacho e só dei umas gotinhas pro Grude, que ele pegou no dedo, então me senti melhor. Fizemos o bolo e eu queria um pedaço, mas precisava esperar, então fiquei triste de novo. Mas então fomos nadar no lago pra gente se lavar porque tinha chocolate em tudo o que é lugar e no rosto. O Grude tinha nas duas bochechas e até um pouco na testa de quando tentou meter a cabeça no tacho e eu não deixei porque ele só podia pegar umas lambidas do dedo. Mas acho que o Grude conseguiu pegar pelas minhas costas, porque tinha chocolate até nas orelhas dele e eu não sabia como isso tinha ido parar aí. A gente se abaixou no lago e estava gelado, o sol estava quente e foi uma boa sensação. O lago lavou a gente e colocamos só as camisetas por cima das roupas de banho, porque o papai ia querer nadar e assim a gente já estava pronto.

— Fome, Nana — diz o Grude.

Faço carinho na cabeça dele pro cachorro interior ficar contente.

— Também, Grude.

Estou com fome. Lembro que vi o remo do papai caído na praia, quebrado. Não sei como consertar um remo. Ele está na praia da ilha que nem sei mais onde fica. Eu vi ela bem de longe. Mamãe arrumou nossos coletes salva-vidas e a gente pôde sentar bem na frente do barco, num assento macio, mas que tem uma rachadura que machucava a minha perna então coloquei o Grude daquele lado. Quando sento o colete sobe até perto das minhas orelhas, mas no meu irmão vai até a cabeça, e ele tem que ter uma faixa que passa por debaixo do passarinho dele. Fico feliz por não precisar mais disso. Adoro o cheiro de gasolina, então fungo quando o barco começa a andar e o Grude coloca os braços dele no ar e grita "Eba" porque adora o barco. Ele olha pro lado errado, então dou um tapa nele e aponto pra doca, e ele grita e tenta se levantar, mas não pode. Puxo o Grude de volta pro assento e ele começa a cair, porque o colete está bem cheio debaixo do queixo dele.

— Consegue pegá-lo, Anna?

Sei que a mamãe queria dizer que eu devia ficar de olho no Grude no barco. Ajeitei ele no lugar e olhei de volta. A mamãe estava sorrindo e disse "Obrigada", parecendo muito bonita e feliz. Eu soube que ela me amava bastante e que eu tinha encontrado o Grude na doca quando ele se perdeu. Foi assim que lembramos de pegar o papai de volta.

— Casa — diz o Grude.

Quero ir pra casa também. Quero comer bolo. Quero ver o papai de pé na doca. Ele não está em dois pedaços, só um, e suas sobrancelhas e pele mais escura que a minha e seus dentes bem brancos e o sorriso que me deixa bem. Sei que o Grude pensa que o papai só fica lá na doca esperando a gente pra sempre. É por isso que foi pro lago, pra ficar olhando. Pensa também que o papai fica atrás do portão do quintal esperando até a hora do jantar, que é quando ele atravessa o portão pra ver a gente e ir comer. Mas, quando vejo papai de pé lá longe na doca, penso que não sei quanto tempo ele ficou de pé ali. Pode ter sido um tempo bem longo, na verdade. Mesmo sem a gente deixar ele entrar no carro, ele encontrou um jeito de chegar na doca, e é por isso que o sorrisão está tão grande. Talvez tenha vindo antes de anoitecer e estivesse de pé ali, e o chalé tem só um telefone e cartões-postais do vovô. Quando o vovô liga pelo telefone, tenho que dizer que o papai não está lá agora ou que está trabalhando, mas não que o papai não está na nossa família. Isso é segredo. Ele ainda está na nossa família, só não está lá agora porque é uma pausa, e o vovô não precisa ficar sabendo disso. Talvez se o Grude estiver certo e o papai estivesse por muito tempo na doca, ele tenha ficado assustado à noite, parado ali, sem saber que a gente ia encontrar ele. Mas a gente encontrou, então tudo bem.

Quero ir pra casa. Mamãe tira o barco da doca em direção ao lago bem devagar depois de a gente fazer o bolo e lamber as colheres e se limpar pra ficar bem limpinho. A gente atravessou umas pedras até depois da casa do senhor e da senhora Henderson, e eles estão sentados na doca deles com livros e parecendo bem felizes, inclusive acenando pra gente. Quando o lago aumenta, a gente acelera, mas não tão rápido quanto o papai, e eu estou feliz que vamos ter ele de volta. Quando vejo o papai na doca, ele está usando as roupas de serviço, mas com uma camiseta no lugar da camisa, pra usar no chalé. O cabelo dele parece mais bagunçado e eu penso que ele mudou, mas não muito. A maleta está do lado dos pés e isso me deixa preocupada, porque sei que lá dentro tem papéis que vão fazer minha mãe ficar zangada e vidros que fazem o papai ficar zangado quando eu toco neles. Também tem minhas canetas e um bolso especial pra papel, para que, quando eu precise fazer dever, esteja tudo lá dentro. Eu posso pegar, mas sem mexer nas outras coisas porque são importantes demais. Olho pra doca e o papai ainda está acenando, e agora dá pra ver que ele está com o maior sorrisão, com muitos dentes no rosto porque está bem contente que nós lembramos dele. Também porque ele gosta de bolo. Talvez ele saiba que é de chocolate. Papai não gosta de ficar longe da gente, mas nós esquecemos dele.

— Ele tá trabalhando — falei pro Grude porque eu sabia que ele ia acreditar nisso e, mesmo que o papai estivesse longe por mais tempo, eu não podia contar pro Grude ou pro vovô ou pros amigos de verão, mesmo sabendo que ele tinha ido embora.

O papai vê a gente quando ainda estamos bem longe, e isso é porque mamãe guia o barco devagar. Ela sempre faz assim quando estamos perto da marina, porque a gente não pode fazer ondas grandes que derrubem todos os barcos por lá. Isso é idiota, porque a parte mais legal é quando formam as ondas e eu e o Grude falamos uou uouou! Mas não posso dizer idiota e não digo, só olho pra cima e vejo papai. Ele está com um sorrisão estampado na cara e um braço sobre a cabeça que vai de um lado pro outro pra dizer oi. Está tão longe que não dá pra ver se é mesmo o papai, mas então sei que é, porque às vezes simplesmente eu consigo perceber. Mamãe grita por cima do som do motor:

— Está vendo seu pai?

— Casa, Nana.

O Grude está bem triste e meu coração escorre de novo. Fico preocupada porque a gente não esqueceu o papai dessa vez. Ele foi embora sozinho e não está aqui por outros motivos. Talvez ele esteja lá parado na doca esperando com um sorrisão, mas não estamos indo até ele porque não temos um barco e não tenho mamãe comigo. Não consigo chegar até papai, então não estamos juntos e a culpa é minha. O remo está quebrado e não sei onde está.

— Não se preocupa, papai — sussurro, com a minha mão na cabeça do Grude e eu debaixo da árvore e perto do forte, mas não sei onde fica nada mais. — A gente tá indo.

Vejo a mamãe na doca e o papai pega a corda e eles se abraçam por um bom tempo. Eles se beijam e eu começo a chorar sem saber por quê, mas meu coração está lá escorrendo. O Grude tenta sair do barco pra ganhar um abraço. Tenho que puxar o colete, porque senão ele pode cair no espaço entre o barco e a doca e tombar na água e ser esmagado pela canoa. Puxo o Grude de volta e ele grita pra eu parar. Quer abraçar o papai. Eu quero abraçar o papai e a mamãe também, mas eles estão se abraçando e o papai está dizendo coisas no ouvido da mamãe, e não quero que eles parem, porque assim talvez a gente fique sempre junto, mesmo que eu também queira um abraço logo. Olho pra eles e é a nossa família com dois pais e dois filhos, e a gente deve ser assim. A gente foi e pegou o papai e fez todo mundo ficar muito, muito feliz de novo. A gente estava em quatro.

21.

A GENTE está só em dois, só o Grude e eu. Fico com medo de que o cachorro preto venha logo e olho pra parte aberta na grama molhada, um lugar que não conheço. Esperamos na floresta, que também não é um lugar bom.

— Precisamos encontrar o papai, Grude.
— Tá bom.
— A gente tem que ir.

O Grude não responde. Olho pra mais longe e tem uma linha que entra nos arbustos e é tipo um caminho que papai faz em volta do chalé pra caminhar. Uma trilha. Tem uma que vai do barco pro chalé, mas dá pra continuar seguindo em frente e ela vai longe. Eu consigo ir, mas o Grude não, não sem alguém carregando ele. Mesmo eu conseguindo, preciso ficar de olho nas cobras porque o papai e a mamãe geralmente vão na frente pra isso. Posso assustar uma cobra, mas um adulto vê uma cobra antes de ela ficar assustada.

O Grude está esfregando o bumbum no chão e eu queria que ele tivesse calça pra nossa caminhada importante, mas ele vai precisar ir sem. Puxo a calça do meu pijama porque meu sorriso de trás está aparecendo. A gente costuma levar água em garrafas, mas o Grude e eu não temos nenhuma. Aceno pra chamar ele, e o Grude me segue, mas vem arrastando os pés. Está vindo muito devagar, e o cachorro preto poderia pegar ele rapidinho em um passo só. Eu me abaixo e bebo da poça e boto minha mão em concha pra pegar achocolatado pro Grude. Ele tenta usar a língua que nem o cachorro interior, mas não está achando que ele vive de verdade dentro dele dessa vez. Ele lambe um pouco das minhas mãos e com a água ali minha mão melhora, então coloco as duas de volta na poça. Na lama é muito melhor. Pego lama e passo nas mãos e braços e penso aaaah. Não coça por um momento, ufa. O Grude está me vendo e mesmo que eu ainda não goste dele, digo pra ele se virar e pego um pedação de lama e mando o Grude ficar parado. Ele grita bem alto e corre, porque acha que eu vou acertar ele numa guerra de lama. Não ligo, porque assim sobra toda a lama pra mim.

Encontro bolhas nas minhas pernas e braços quando eu levanto meus pijamas e cubro todos esses lugares com lama. A sensação é bem melhor e um pouco fria assim, mas a lama está quente e vai chegar até os ossos e me deixar melhor e vai tirar os poderes do cuspe do cachorro preto. Estou toda coberta de lama. Me levanto pra encontrar minha lança pra manter o cachorro preto longe, porque não quero mais do cuspe dele na minha pele, senão ela vai derreter e eu vou ser só ossos que nem no museu, aqueles ossos que ficam pendurados nos cabos. Pego a lança na mão e tento jogar ela de novo. Faço um rugido bem alto e jogo ela pra baixo. Nada de ossos!

— Raaaaaaaaaur — digo. Sei que posso derrotar o cachorro preto e então preciso encontrar o lugar onde o papai está esperando. Não sei se vai ser na doca dessa vez ou em Toronto.

Ouço sons de fungado e o Grude está agachado que nem o Snoopy quando está encrencado, olhando como se pensasse que eu vou bater nele. Talvez igual quando eu vi a Sra. Buchanan dar uma pancada no Snoopy com uma revista toda enrolada em um tubo igual à parte de dentro de papel toalha, mas aí ela disse pra mamãe que não fez nada disso.

— Vou pegar o cachorro preto — digo pro Grude.

Ele funga de novo porque ele pensa que é um cachorro e que talvez eu tenha revistas enroladas, e vejo que ele não sabe falar o bastante com tanta minhoca na cabeça pra entender o que estou dizendo. E ele estava dormindo na hora então não sabe sobre o nosso inimigo, e bebês não sabem disso mesmo que ele não seja mais um bebê de verdade.

— Vamos — digo. — Estamos indo.

Ele faz o chorinho de novo.

— Indo?

Acho que o Grude quer saber pra onde. Tento pensar e fecho meus olhos. Lembro de antes de brincar pela primeira vez com uma Barbie e de mamãe ficar brava comigo por implorar por uma. Eu costumava ser uma boa garota e mamãe me dava banho de noite. Ela conferia a água e me dizia pra botar o pé e dizer se estava bom então várias bolhas subiam pro meu queixo. A gente brincava bastante por muito tempo e eu tinha um barquinho, e a mamãe me ajudava a fazer um rio pelas bolhas pro meu barquinho poder seguir sua jornada. A gente brincava de várias coisas. Ela agitava a água pra fazer mais bolhas. A gente fazia uma barba e cabelo de bolhas pra mim, então me levantava pra eu poder me ver no espelho e a gente ria. As bolhas estouravam e iam pro céu das bolhas, e a água ficava que nem terra cinza porque eu tinha ficado no parque por muito tempo com a areia. A mamãe me ajudava a deitar e botava a mão embaixo da minha cabeça pra eu boiar na água. Ela dizia que isso é tão bom que eu ia conseguir nadar no chalé durante o verão. Fiquei muito feliz e mamãe cantarolou, então cantei a nossa música de banho com ela também. Ela sorri e diz que meu cabelo está boiando que nem alga. A mamãe riu e disse que ela achava engraçado, que cantava a canção de boiar com vovô quando era uma garotinha.

Preciso ser boa e fazer a gente estar em quatro e voltar pra banheira.

— Vem. — Aceno pro Grude e começo a seguir a trilha, segurando minha lança pro caso do cachorro preto aparecer. No fim da trilha deve estar o chalé, e vou pegar mamãe e o barco e vamos voltar pra Toronto e encontrar nossa família, que vai estar em quatro.

Ando e quero ir rápido porque Toronto é bem longe. Consigo ouvir uma respiração atrás de mim. Olho rápido, porque pode ser o cachorro preto, mas é o Grude e eu sei disso. Ele está sempre me seguindo, e digo que precisa andar mais depressa. Ele agita os braços como se estivesse andando o mais rápido que consegue, balançando o braço pra frente e pra trás, mas está indo bem devagar e eu fico dizendo "Vamos". Ele parece triste e continua com coceira. Não quis lama no lugar do cuspe do cachorro preto, não quis deixar eu ajudar, então é culpa dele. Andamos pela trilha e tem um monte de arbustos por aqui que me acertam na cara. Passo por um grandão, ouço um grito e olho pra trás. O Grude foi atingido na cara por ele. Ajudo meu irmão a levantar de novo e falo pra não me seguir tão de perto.

Mando ele ir mais rápido pra não ficar pra trás. Estamos andando e tem muitos arbustos por aqui. Alguém não foi lá muito bom em abrir uma trilha nessa parte. Continuo andando e empurrando os arbustos e sinto uma folha molhada. Ela cai em mim, se agitando, e deixa o braço do meu pijama molhado também. Paro e congelo no lugar, porque não sei por que ela está molhada e acho que pode ser o cuspe do cachorro, que talvez esteja me fazendo seguir ele. Talvez eu já esteja muito perto. Ouço com bastante atenção tudo em volta, porque é difícil enxergar pelos arbustos, e tem algo vindo, então eu me viro e pego a lança. Os arbustos se agitam e se abrem. Fico tão assustada que o ar sai do meu corpo e eu faço "Haa". Aí vejo o Grude saindo das folhas de novo.

— Você tem sorte que eu não te furei! — grito pra ele.

O Grude tem cortes na cara e está chorando e tentando falar, mas não entendo nada por causa de toda a meleca; fica parecendo só papo de bebê.

— Você não pode se esgueirar assim! — grito de volta. Não gosto dele chorando, porque isso me assusta também. Tem mais folhas molhadas em volta da gente. Uma baba vai na minha testa e uma na minha bochecha e é como se o cachorro preto estivesse se esforçando pra assustar a gente de propósito, babando um monte, porque está prestes a fazer um banquete.

Sei que ele está por aqui, porque nem mesmo o cachorro preto consegue cuspir assim tão longe. Furo os arbustos com a minha lança e o Grude começa a gritar, mas preciso que ele cale a boca porque não dá pra ouvir o cachorro preto assim. Grito pra ficar quieto e ele grita mais alto ainda. Toda vez que ele grita eu fico mais assustada, porque isso quer dizer que não vou ouvir quando o cachorro preto atacar. Furo os arbustos e me viro e tento olhar pra todos os lados, mas não vejo nada. Então avisto um ponto escuro e corro na direção dele e furo, mas a minha lança sai voando da mão e some. Além disso, com o Grude chorando e gritando, o cachorro preto sabe onde estamos e vai achando a gente e cuspindo.

O cuspe é que nem chuva e começa a molhar meu cabelo. Estou ficando mais e mais molhada de cuspe e logo não vou conseguir me mexer, mas pelo menos o Grude parou de gritar, só consigo ouvir ele chorando um pouco. Minha última chance é encontrar a lança e ter ela nas mãos pra perfurar o cachorro preto antes de congelar e ter que ver meu corpo sendo comido. Ele vai começar pelas pernas e mastigar até saírem e eu não vou ter morrido ainda. Então ele vai comer meus braços e mastigar a minha barriga, mesmo com ela vazia. Não vou morrer até ele ter comido tudo isso, e só quando ele decidir que é hora de comer a cabeça de sobremesa as luzes vão se apagar e vai ser hora de dormir, mas aí eu morro. Empurro as folhas procurando a lança, que sei que está por aqui. Continuo procurando por um tempão e, cada vez que empurro um arbusto e a lança não está lá, eu fico mais e mais assustada. Está chovendo forte, estou toda encharcada e tremendo e com tanto, tanto frio que acho que provavelmente vou morrer.

22.

Não consigo encontrar a minha lança e paro de procurar, porque ela não está mais aqui. Perto de mim só tem arbustos. Empurro eles pra longe e então vejo que lá está minha lança no chão. Pego ela e fico contente, mas não consigo mais enxergar por causa de tantos arbustos. Saio pra um lugar cheio de lama. Estou toda encharcada, e o cachorro preto transformou tudo em chuva molhada esperando a gente. Mas então vejo que aquela forma era só um toco, com vários tocos por perto, todos parecendo mortos. Os tocos mortos parecem um exército que foi derrotado e agora morreram todos. Estão apodrecendo. A madeira virou farpa nos lados e tem trecos pretos e cogumelos nela. Seguro a lança e fico olhando. Não gosto dos tocos e quero sair daqui. Está mais cinza, mas ainda não é de noite. É como se tivesse um monstrão no céu e a barriga dele escondesse o céu de mim. Tremo de frio e sinto que meus joelhos se soltaram. Sinto como se eles fossem cair no chão e terei que procurar eles. Mas não caem, eu me agacho perto de um dos tocos e deixo eles bem firmes com as rótulas no topo das pernas. Abraço as minhas pernas. Então olho pra trás, procurando o Grude. Ele não está lá. Ele sempre me segue e na maioria das vezes não consigo impedir, mas agora ele não está ali. Ando de volta um pouco, porque acho que ele deve ter sentado. Nada de Grude. Chamo e ele não diz nada de volta. Espero e acho que ele vai vir e não vem. Sinto um grande choro nos meus olhos e minha barriga revira.

— Grude? — grito, mas ninguém me responde. Estou sozinha.

Fico gritando e furando os arbustos. Vi o Grude na trilha, mas não sei mais onde ela fica. A chuva cresce e gotas mais fortes caem na minha cabeça. Continuo seguindo pelos arbustos e abrindo meu caminho, e parece mais limpo na minha frente, então acho que vou ver nosso forte. Empurro os arbustos pra longe e vejo os tocos mortos de novo. Eles saltaram por cima da minha cabeça e vieram parar aqui. Está tudo com cheiro de sapatos molhados. Meus pés estão ensopados, mas sem sapatos, só com pele que vai ficando branca e enrugada. Sinto um arrepio e a chuva parece que vai aumentar mais ainda. Nada de forte por aqui. Queria poder voltar pro forte se o chalé não estiver aqui. Olho pra cima e pra baixo, pra lembrar cadê a trilha, mas ela saltou pra longe de mim também.

Não gosto de estar sozinha. Estou muito preocupada com o Grude. Tenho a lança nas mãos e seguro ela com força, mas meu corpo está com sono. Não sei se posso enfrentar um cachorro preto e penso que talvez eu não seja a rainha valente que pode batalhar e talvez nem mesmo uma princesa valente. Choro e choro e acho que essas são lágrimas nos meus olhos e no meu rosto, mas não tenho certeza, porque tem tanta água com essa chuva e ela se junta às lágrimas e ninguém pode me ver. Minha meleca sai do nariz e meu corpo faz pequenos vômitos pra empurrar as lágrimas pra fora com força. Choro e nada faz eu me sentir melhor. Sei que alguma coisa ruim aconteceu e olho pras minhas mãos. A Gwen não está lá. Não sei onde deixei ela. Tento pensar e parar de chorar pra me fazer voltar, mas não consigo. Meu corpo inteiro foi embora, porque sou uma pessoa só e isso não é o bastante pra ser uma família, então estou perdida também. Fiquei pra trás. Preciso voltar porque talvez eles não tenham percebido que eu fui. É difícil pensar com a chuva batendo assim tão forte na minha cabeça que ponho ela nos joelhos e encaro o chão, os braços por cima dela. Meus braços estão que nem um guarda-chuva, mas não um muito bom. Meu cérebro consegue trabalhar sem o barulho das gotas, então penso cadê Gwen? Ela sabe que eu saí ou ela me deixou de propósito porque eu fui má? Talvez esteja com ciúme porque eu queria uma Barbie e fiquei tão, tão brava. Eu queria ela agora pra fungar, mesmo que estivesse molhada, e cadê o Grude? Ele é tão quentinho. Estava nos arbustos e o rosto dele ficou sangrento, e o cachorro preto estava lá. Todo mundo sumiu. Só um e talvez um.

Tenho que apertar os olhos pra ver na chuva, e olho pra ver se o Grude ou a Gwen estão perto de mim. Normalmente ele tenta me seguir toda hora. Respira pelo nariz e eu escuto e, se eu parar, ele topa com meu bumbum porque me segue muito de perto. Ele não está perto de mim e não é um dos tocos nem está sentado em um deles. Levanto e olho de cima, mas nada do Grude. Sei que deve estar assustado, porque não gosta de chuva, e vai me querer bastante que nem eu quero a Gwen, mas ninguém tem mais ninguém agora. A chuva desce com mais força e me bate até eu voltar a abraçar os joelhos. Choro mais forte agora, porque o Grude não pode nem mesmo abraçar os joelhos dele e ficar de pé, porque é gordinho demais. Não sei onde ele está.

Começam a cair raios do céu. Tem um clarão que cobre tudo e alguém ligou as luzes, mas não tem luzes, só o clarão uma vez e depois duas. Deus está fazendo as luzes mostrarem que tudo em volta de mim se parece com o cachorro preto, mas não é, mas não tenho tanta certeza, porque o relâmpago liga e desliga, liga e desliga rápido demais e não consigo enxergar. Vejo eles como facas no céu, e não devia estar pra fora nessas horas. Podem acabar acertando minha cabeça, porque só tem tocos aqui e sou um pouquinho mais alta que eles. A eletricidade ataca de novo e ouço os anjos fazendo os estrondos e sei que estão bem zangados, e Deus também, porque o Grude sumiu. Sou malvada porque perdi ele e o que eu devia fazer era ficar de olho.

— Grude! — grito.

Fico escutando, mas não ouço nada, nem ele choramingando. Quero chamar a Gwen também, mas ela não consegue andar sem eu carregar ela.

— Grudento! Grude! — Levanto e a chuva me acerta em todas as partes do corpo. Grito os dois nomes do meu irmão de novo e de novo. Minha garganta tem garras que estão me rasgando e estou com medo, com os joelhos se agitando tanto que vão cair, a barriga revirando tanto que fico com um pequeno vômito, meus braços cheios de bolhas e vermelhos, minha cara quente e pronta pra cair, mas tenho que continuar chamando. Grito pelo Grude pelo máximo de tempo que consigo. E no final não consigo mais gritar, porque a minha voz não faz mais som pra fora da garganta. Minhas pernas caem e estou no chão e meu coração se soltou e rolou pra fora. Não consigo abrir meus olhos. Tudo que vejo são pálpebras e escuro, e mal consigo sentir a chuva, mas o escuro que coça está comendo minha pele por fora e correndo no meu sangue. Quero me levantar, mas não consigo. Só meu cérebro consegue pensar, então está tudo preto e não consigo me mexer. Ele me derrubou e está comendo as minhas entranhas e derretendo a minha pele. O cachorro preto está dentro de mim.

23.

Estou sozinha. Meu corpo está molhado e aqui está escuro, e posso sentir meus dentes saltando pra fora da boca porque querem fugir do cachorro preto. Estão bem assustados. A chuva está caindo no meu corpo e eu rolo, mas ela não para. Estou com tanto frio e o buraco no meu estômago sumiu. A chuva encheu ele. Estou vazia, mas o espaço está ficando tão cheio de água que dá pra ver bem através de mim e um peixinho dourado poderia nadar pelo meu corpo todo sem ficar preso. Os tocos estão todos ao meu redor, e o peixe não está aqui.

Penso em onde estão o papai e a mamãe. Quando eu estava com eles, a gente remou na lagoa e eu sentei no topo do Coleman porque ele ocupa muito espaço no barco. O Grude e papai estavam sentados perto da frente, porque a mamãe é melhor em remar e vai atrás comigo e o Coleman. A canoa balançava um pouco, e a água fazia chop-chop-chop. Precisei sair do Coleman e ficar na frente de mamãe pro peso sair dali e não fazer a gente ficar pendendo daquele jeito. Mamãe colocou o remo atravessado nas bordas da lagoa e dobrou o suéter pra botar no assento e eu não machucar o bumbum. Ela me ajudou a descer do Coleman, porque ele é enorme e tem que caber de lado entre as barras, então é uma boa distância pra descer. Gosto de ficar na canoa com mamãe porque lá eu tenho ela toda pra mim, sem o Grude. A gente estava perto da ilha, e ela olhou no mapa e pegou um lugar nesse lado porque a lua estava quase cheia e era aí que ela aparecia bem redonda, sem falha. Eu e ela conversamos bastante, também. Ela disse: "Estamos em quatro de novo."

A chuva parou. Está tão escuro. Está escuro dentro dos meus olhos e entre as minhas pálpebras. Eu acho que estou morta, então nada mais importa, mas tem alguma coisa esponjosa no meu rosto. Estou caída no chão e encolhida numa bolinha, com tanto frio que parece um congelador. Não tem mais trovão ou relâmpago. Está quieto que nem fica depois de uma tempestade, e isso é mais quieto do que qualquer outra coisa. Eu estava entre mamãe e papai depois do relâmpago naquela primeira noite na barraca. Queria estar lá de novo, mesmo que na hora eu estivesse muito assustada com o trovão bem em cima das nossas cabeças. Quando a mamãe contou, não tinha mais números entre a luz e o som, e foi assim que descobrimos que a tempestade estava ali. Mamãe e papai e eu ficamos deitados de barriga pra cima, com o saco de dormir tão dobrado que nem tocava os lados da barraca azul. O Grude estava lá jogado dormindo do outro lado da barraca e por mim tudo bem. Ficamos olhando pro teto da barraca e dava pra ver os ramos das árvores se agitando. O som era de chuva caindo em uma capa de chuva, um dos meus barulhos favoritos. As gotas começaram a cair mais devagar. Papai disse baixinho que estava tão escuro que a lua ainda estava subindo, e eu não sabia onde tinha ido parar, mas fazia um grande silêncio e eu não quis falar muito alto. Continuamos lá deitados, ouvindo os estrondos ficando mais baixos, menos gotas caindo, então a chuva viajou pelo lago, onde não tinha outras barracas, até partir pra uma terra muito distante. Ficamos ouvindo e nem me mexi ou me agitei, só escutei até que tivesse tudo ido embora.

Mamãe até caiu no sono, mas o ronco vinha do Grude, não dela. Papai botou o dedo nos lábios e me disse shh e me pegou com os músculos como se eu fosse um bebê. Normalmente não sou mais um bebê, mas fiquei aconchegada no ombro dele e não tinha ninguém pra ver, então era legal ser o bebê. Papai botou um cobertor em volta da gente que nem a capa do Batman pra eu ficar aquecida. Então, ele saiu da barraca pela porta de zíper. O queixo e o bigode dele estavam lá e iam crescer, porque ele está de férias com a gente. Os pés do papai andaram bem levinhos nas agulhas de pinheiro enquanto ele andava pelo acampamento na direção do lago. Ele riu um pouco e eu pude ouvir o barulho no peito dele porque minha orelha estava espremida ali e aquecida. Foi até a margem, e soube disso porque dava pra ouvir a água nas pedras e sentir pelo cheiro como o lago era quentinho e profundo também. Dava pra ouvir o som de algo que parece um fantasma triste rangendo, e papai disse que era só uma árvore se sentindo velha e rabugenta. E disse "Olha", e virei a cabeça pra ver mesmo gostando do peito quente na bochecha e olhei pra lua enorme que estava pendurada em cima da água como se fosse cair, mas sem cair de verdade. Só estava lá pendurada, parecida com ouro brilhante e com essa cauda grande e longa que se estendia por cima da água e vinha até os dedos do pé do papai. Ele ficou lá parado e nós dois olhamos. Parecia que a lua estava falando através da luz, dizendo coisas sobre o amor.

— A cauda parece um caminho pela água — disse ele. — Dá pra seguir ele e chegar na lua.

E papai disse que estava muito feliz de estar com a gente, porque estávamos no Parque Algonquin e que esse era um bom jeito de se estar em quatro.

Abro meu olho e estou ensopada, com meus dentes querendo saltar. Vejo algo espiando pelas árvores e posso perceber que é a lua. Está pendurada e redonda com um lado meio inclinado como se tivesse um machucadinho também. Vejo ela brilhar nos meus olhos e mesmo eu estando tão gelada ela me faz me sentir mais aquecida. Meus olhos estão fechando de novo e eu estou muito cansada, mas sei o que a lua quer dizer e então aceno com a cabeça de levinho, com a bochecha raspando no chão.

— Eu vou.

24.

MINHAS PÁLPEBRAS veem luz e eu abro os olhos de novo pra lua, mas dessa vez é luz do dia e tem fumaça por toda parte. Acho que é uma fogueira, então sento rápido. Estou com dor de cabeça e o que aconteceu com a lua? Procuro ela na minha frente. A lua foi embora e me sinto vazia, mas então acho que sei onde estava. Ainda dá pra ir até lá, pra estar perto quando ela voltar, já que sempre volta, e poder seguir o caminho. Tento levantar e sinto minhas pernas moles que nem limpador de cano, mas não tão peludas. Tenho que usar as mãos pra colocar elas no lugar e levantar. Vejo minha lança no chão e quero pegar ela, mas tenho que usar minhas mãos de novo pra dobrar os joelhos pra isso. Tento segurar a lança, mas ela parece muito pesada, e continuo olhando pra cima pra poder lembrar onde vi a lua e caminhar nessa direção pra encontrar o lugar. A lança fica batendo no chão e furando, mas não muito, então tudo bem. Dou um passo pra frente. Me equilibro na lança e pareço um velho. É isso que sou agora, porque estou sozinha. Dou um passo pra frente e boto a lança na frente, e é assim que meus pés sabem como seguir. Aponto a lança pra onde a lua costumava ficar e espero que fique de novo e dou alguns passos.

Bang

Ouço um barulho alto. Ele soa de novo que nem fogos de artifício, mas o céu não está preto e não tem festa por aqui.

Bang

É uma arma. Soa de novo e penso que talvez tenha um caçador armado vindo. O cachorro preto deve estar fugindo do caçador também, agora dentro de mim. Será que o caçador vai tentar atirar em mim?

Bang

Sei que ele tem uma arma.

Bang

Esse é um caçador maldoso que usa demais a arma. Não tenho arma nem sapato, então fico bem assustada. Continuo andando e tropeço num toco, e percebo que esse é o lado errado se tem um toco aqui, então viro pra seguir na outra direção. Quero correr, mas minhas pernas não deixam. Minha garganta deve estar com as bolhas agora, porque está doendo tanto que não dá pra engolir do jeito certo, nem mesmo comida. Boto um pé no chão e então o outro na frente desse e não consigo mais ouvir o caçador. Me pergunto se sobrou alguma comida e torço pra ele não comer o resto dos biscoitos, porque deve estar com fome depois da batalha com o cachorro preto. Será que vai deixar umas pra mim, mesmo sem eu estar de sapatos? Sinto partes doloridas em todo o corpo. Acho que a mamãe não tem tantos band-aids, então vou ter que seguir sem nenhum. Penso sobre o cachorro preto e como ele mora na minha barriga agora, rosnando. Isso explica por que está difícil de me mexer: é porque ele é pesado. Preciso ir devagar. Agora que mora aqui ele não quer sair, então vou precisar ficar carregando o cachorro preto. Tudo bem, mas ele é pesado.

Continuo andando e o cachorro preto está comigo e acho que ele gosta de andar na direção da lua, porque logo começa a ficar menos durão. Sinto alguma coisa nas costas e viro e lá está um pouco de luz vazando no meio das árvores. O sol está estendendo os braços no meio delas, tentando esquentar todo mundo. Ele coloca uma mão no meu rosto e eu me viro pra continuar andando, então ele sorri nas minhas costas.

— Obrigada — digo baixinho.

Me sinto melhor porque não estou mais sozinha se o cachorro preto está comigo. Sento no chão por um momento pra fazer a cabeça pensar. Coloco minha mão na barriga pra fazer carinho no cachorro preto e conversamos um pouco. Ele está calmo e fala com a voz suave. Não tenho que me preocupar tanto. Ele diz que os caçadores pararam e que não estão mais com fome, então acabaram as armas pra gente ouvir. Ele disse que fui muito malvada, querendo tantas Barbies assim. Perdi o Grudento. Na última vez que perdi o Grude, mamãe procurou no armário e eu encontrei ele. Então isso fez mamãe lembrar que a gente esqueceu papai. Ele voltou. Disse que a gente ia seguir o caminho até a lua. Mamãe disse "Papai e eu estaremos lá". Ela quis dizer na lua.

Preciso encontrar o Grude. Vou procurar por um bom tempo, talvez pra sempre. Isso vem primeiro. Levanto e começo a andar, então meu corpo começa a ficar aquecido e o cachorro preto começa a ronronar meio como um grrr gaaa, mas mais suave tipo um gato, mas ainda assim assustador pra eu saber que, mesmo com ele ali, ele vai ser bonzinho às vezes, quando eu fizer o que ele quiser e for uma boa garota. O cachorro preto ronrona mais alto e continuo movendo meus pés, mesmo sendo bem difícil, mas a minha lança segue na frente e eu não solto dela. O cachorro está ainda mais feliz, o ronronado ainda bem alto. Sei que preciso continuar andando pra deixar ele assim. Ouço alguém bufando junto com o ronronar. E se tiver dois cachorros pretos? Tem um na minha barriga e ele diz que é o único. Mas ainda assim ouço outro ronronado. Sou tão má que o caçador está vindo me pegar agora? O ronronado parece mais um homem, e penso que pode ser que o caçador comeu tudo e viu fumaça saindo da minha cabeça, e eles agora estão vindo me pegar, rastejando pelos arbustos nas pontas dos pés pra eu não ver. Paro e escuto e realmente parece que um homem grandão está fazendo os barulhos e querendo me tapear. Então, uso minhas mãos pra dobrar mais os joelhos. Estou pronta.

E eu me preocupo: e se o caçador pegou o Grude? Preciso salvar ele do caçador. Sinto tanta falta do Grude, queria que ele nunca tivesse ido embora. Quero ver ele pra gente ir buscar mamãe e papai. Amo o Grude e preciso salvar ele. Fico enjoada, porque não fiquei de olho direito e a culpa é minha. Nunca mais, nunquinha mesmo vou deixar de ficar de olho no Grude de novo, e prometo isso pra Deus se me ajudar a encontrar ele. Tento levantar a lança e meu braço está frouxo. Estou vendo que Deus não vai me ajudar, então tento pedir pra Jesus. Ele é um carpinteiro e podia me fazer uma espada de verdade, então peço isso. Nada. Peço de novo e lembro as palavrinhas mágicas, mas ele não responde nada, e tudo o que tenho comigo é o cachorro preto na barriga e só.

Sei que o caçador é muito esperto. Coloco a lança no meu ombro e assim é melhor: dá pra furar ele rápido e pegar o Grude de volta se meu braço colaborar. Dou um passo pra frente, então talvez verão meus dedinhos descobertos. Tenho que abrir caminho entre alguns dos arbustos e sei que eles podem me ver empurrando os arbustos e talvez eu veja eles fazendo isso, então fico de olho com olhos de águia e percebo um arbusto se mexendo ali perto. Dou outro passo pra frente e outro arbusto se mexe mais pra lá. É bastante mexida pra eu saber que o caçador está escondido e tem o Grude como prisioneiro. Pego a lança e fico de olho nos arbustos, e deve ser o caçador se escondendo lá no fundo, porque não dá pra ver nada nem ninguém. Ele se esconde muito bem.

Penso em como o caçador se esconde bem, mas o cachorro preto na barriga faz um ronco e penso sim, certo. Coloco a mão no cachorro preto mais uma vez e sei que ele vai ajudar. Vou furar com a minha lança o mais forte que eu conseguir e assustar muito o caçador e então vou começar uma batalha, e o cachorro preto vai pular pra fora pra lutar do meu lado. Ou eu me preocupo que o cachorro preto vá pular e me deixar morta, não sei qual dos dois. Mas preciso salvar o Grude, então vou ter que tentar e deixar as preocupações de lado. Começo a ficar com medo do que vai acontecer e sei que se começar a tremer vai ser tarde demais. Abro a boca e rujo bem alto. Penso que devia fazer isso depois e usar a lança primeiro, mas já posso ouvir o rugido que não foi tão alto. Faço um mais alto e levanto a lança e enfio ela nos arbustos o mais forte que consigo e ela vai direto. Fura a parte macia da lama e fica de pé. Me sinto um pouco feliz, porque isso significa que ela se prendeu direitinho.

Devo ter matado o caçador, atravessando o coração, e ele nem pode se mexer mais nem nada. Está tudo quieto, sem arbustos se mexendo ou fazendo barulho. Não vejo o caçador, e só tem um porque eles se rastejam nos arbustos para longe um do outro e não consigo ouvir mais nada deles. Mas acho que seus amigos não viram, porque não estão vindo ajudar. Ou às vezes esse é um caçador sem amigos. Levanto o pé pra dar um passo e empurro o arbusto e vejo que a lança está na terra. Fico um pouco triste porque não tem nada de caçador morto. O cachorro preto não pula pra ajudar. Puxo a minha lança de volta. Ela vem e dou um passo e meu pé atinge alguma coisa. Puxo o pé de volta e meu cabelo arrepia todo, fico com medo e olho pra baixo. Pisei numa perna que está saindo dos arbustos. Se for uma perna de caçador... mas então não acho que seja porque não tem botas. Dou um passo pra trás e meu cabelo está todo arrepiado até nos braços e quero correr, mas as minhas pernas não são tão rápidas. Penso que o cachorro preto vai pular agora pra comer, talvez me comer porque está com muita fome e só gosta de mim quando sou valente. Mas ele não pula, só continua ronronando sem se mexer. Então estou presa no lugar com o cachorro preto e pés presos. Olho pra perna caída no chão e vejo que é pequena. Uso a minha lança pra empurrar ela e a pele é bem mole.

— Grude?

Empurro de novo e o ronronado para, então alguém bufa. E ouço uma voz baixinha.

— Ai.

— Grude? — digo de novo, puxando o arbusto pro lado e vendo que é o Grude caído na terra. Começo a chorar, porque estou tão feliz de ver seu rostinho gordo. Ele é o bebê mais sujo que eu já vi na vida, mas uma parte amarela aparece, os patinhos no seu pijama. Nada de calça, também, só o passarinho sujo dele. Acho que ele está morto, porque não se mexe e está todo bolhudo e inchado e vermelho e não parece o Grude vivo. Mas então ouço outra bufada e ele tenta abrir o olho um pouquinho. Largo a minha lança e pego ele, levantando seu corpinho com meus braços. Ele está mole. Dou o maior abraço do mundo nele e choro e choro. Não sabia que sentia tanto assim a falta dele.

— Nana?

Penso que o Grude diz meu nome, mas nunca fala direito, o que significa que sou a única pessoa no mundo todo que consegue entender ele. Depende de mim salvar a vida do Grude, porque ninguém mais pode e ele sabe disso. Coloco os bracinhos dele em volta de mim e seguro ele perto do meu corpo. Olho pro Grude e ele não olha de volta, as pálpebras parecem o presunto que a mamãe leva pros piqueniques e fatia com a faca. Meu irmão está sujo e nojento e eu amo ele mesmo assim. Pego o bracinho do Grude e giro. Ele fica mole de barriga pra cima, e procuro sangue no corpinho.

— Não tem sangue — digo.

Geralmente ele diz que tem sim, porque quer um band-aid, mas dessa vez não diz nada. Só geme baixinho, com um ronrona-do-bufada, e acho que está respirando mais forte do que o normal. Vou salvar ele. Vou levar o Grude pra mamãe e o papai na lua.

Tento fazer ele levantar, mas o corpinho está todo mole, levantando menos que a Gwen. Sinto falta da minha ursa e queria poder dar uma fungada nela. Boto o Grude de pé e tento fazer ele segurar na lança pra conseguir andar. Os pés estão todos cheios de bolhas e enormes, então não dá pra andar direito. Às vezes ele queria ter pés maiores, mas agora parecem machucados e não com pantufas confortáveis. Fico triste pelos pezões dele assim. Vou salvar o Grude, então o sol sorri pra gente e me diz pra tentar chegar na lua, que vai ajudar nos meus ossos, empurrando minhas costas. Tento carregar ele que nem mamãe, pegando por debaixo do braço e botando as pernas dele na minha cintura. Consigo dar alguns passos, mas então caio e derrubo nós dois. Ele não chora nem fala que vai contar pra mamãe. Só cai no chão, mole. Me abaixo e olho e vejo que o rosto dele está como se alguém tivesse botado uma máscara de porco por cima. Ainda assim eu reconheço meu irmão. Sou a pessoa dele nesse mundo e sinto meus músculos bastante ensolarados pra ficarem aquecidos e fortes. Sou que nem uma bateria, e meu robô pode seguir em frente.

— Grude?

Ele vira a cabeça um pouquinho.

— Vamos pra lua, tá?

Vejo os olhos dele dentro dos olhos de porco se mexendo só um pouquinho e sei que isso quer dizer que ele está a fim de ir porque quer ver a mamãe e o papai e então vai tentar o melhor possível. Preciso deixar minha lança pra trás. Mesmo que o cachorro preto tenha parado de ronronar, ele quer me deixar forte, então ferve dentro do meu corpo e solta um rugido. Arrasto o Grude pelo pé até uma pedra e boto ele em cima dela. Está quase sentado. Deixo ele lá com uma mão e giro de um jeito que minhas costas fiquem viradas pra ele. Assim, o Grude pode montar que nem cavalinho.

— Pega meus ombros — digo, agitando a cintura entre as pernas dele.

O Grude não pega, mas o corpo dele tomba pra frente contra o meu e sinto a bochecha quente dele nos ombros. Pego o Grude pelo braço mole e boto na frente do pescoço, enganchado como se ele tentasse me enforcar. Geralmente ele não pode fazer isso, mas só dessa vez pode. Coloco os punhos debaixo do joelho do meu irmão e levanto pra juntar as mãos. Tento levantar melhor, sem ficar encurvada, mas aí o Grude começa a cair pra trás. Me encurvo pra ele ficar caindo nas minhas costas como se eu fosse um colchão, mas minhas pernas estão retas. Dou um passo e é difícil levantar o pé e fazer ele ir pra frente. Fecho os olhos e peço pro cachorro preto ajudar, então travo os joelhos que nem um robô. Começo a andar.

Meus olhos estão apontando pro chão. Tenho que me lembrar de ficar virada pra onde vai a lua. É difícil, porque mal tiro o olho do chão pra ver árvores, mas então sinto algo plano nos pés. É uma trilha. Olho pra cima e vejo que a trilha vai na direção das árvores, então deve ser assim que as pessoas chegam na lua. Estou contente, porque posso ficar de olho no chão e continuar seguindo com um pé na frente do outro sabendo que estou indo na direção certa porque posso ver a trilha. E é difícil, porque tem arbustos me acertando e empurrando minhas pernas. Vejo que estão tirando sangue das minhas pernas e dos meus lados. Gostaria de parar um pouco pra ver o sangue, mas não posso parar de mexer os pés ou vou cair, então ando ando ando.

Ando por um tempão e tento pensar em quanto falta pra chegar lá na lua. Então lembro que a lua ainda não subiu. Vou o mais longe que der, até o fim do caminho, aí vou precisar esperar a lua. É aí que vou poder descansar os músculos, fazer eles pararem de doer tanto. Vejo um pé ir onde não consigo ver e sumir. Meu outro pé volta pros olhos, e a cada vez que isso acontece vejo um novo corte mas não consigo sentir. Meu sangue fugiu dos cortes, agora meu corpo só funciona na bateria. Em vez de ossos, são todas as baterias que dão forma pra minha perna embaixo das bolhas e do vermelho e do sangue. Mais passos e então os arbustos somem, aleluia. Vejo agulhas de pinheiro debaixo do meu pé, mas elas não me pinicam dessa vez. Não sinto elas. Só sinto o Grude quente nas costas e a cabeça dele está virada de lado, então a bochecha está espremida nas minhas costas e ele está ronronando outra vez. Dou um passo mais forte e ele bufa um pouco, então volta a ronronar. Sei que o cachorro preto quer que eu continue, então vou seguir em frente pra não deixar ele bravo. Me sinto triste por ele mandar em mim assim, mas não tão triste porque ele só quer me ajudar com o Grude, então ando ando, ando.

Tem mais agulhas e o caminho está mais macio, mas ainda firme o suficiente pra eu ver meus pés nele. Dou um passo e tem alguma coisa perto do meu dedo. Olho e vejo uma orelha e é a Gwen! Ela está caída no chão e encharcada e parecendo muito triste, mas ela pode prender o fio preto dela em mim e vou saber que ela está bem. Não sei como ela sabe ir pra lua, mas deve ter chegado aqui pra ficar na trilha e me encontrar. Paro e estendo o braço pra pegar ela, e o Grude bufa. Sinto ele rolar pro lado. Meu pé escorrega e preciso segurar nas pernas do Grude pra me equilibrar. A gente balança, mas não cai e o cachorro preto confere minhas baterias e diz que é melhor eu seguir em frente porque não sobrou muita carga. Agora estou de pé bem em cima da Gwen e olho pra ela, sem fungar daqui, e sinto falta dela. Quero abraçar e espremer a Gwen, mas agora estou ocupada em uma tarefa. Não tem mão pra segurar ela.

— Te amo, Gwen — digo e dou um passo pra frente.

Dou outro passo e meus dedos seguem adiante e a Gwen saiu da minha vista. Estou seguindo pra longe.

Continuo andando pelas árvores, e tem algumas plantas. Devem ser como aquelas que tinham as frutinhas penduradas. Olho pro lado, mas não tem frutinhas nessas e isso me deixa triste, mas meu pé continua seguindo. Tem mais terra e uma rocha. Preciso passar por cima dela, e é difícil, mas eu consigo. Então vejo a tampa da latinha de biscoito e meu coração salta, porque penso quero um biscoito muito, muito, mas a lata não está lá e eu sei que os biscoitos acabaram, ah, que seja. Continuo seguindo e agora é uma descida, meus pés escorregam um pouco pra frente, mas eu consigo me erguer melhor e assim é bom porque minhas costas estavam quase caindo. Respiro fundo e dou um último passo na descida e posso ver pedrinhas, o que deixa mais difícil eu me equilibrar. Antes de andar nas pedrinhas estou bem reta por causa da descida. Ouço alguma coisa suave como algo raspando de leve. Faço meus olhos irem na direção que o som está vindo enquanto eu posso e olha, água! Posso ver um lago. Estou com tanta sede. É aqui que a lua vai fazer a trilha que a gente pode seguir quando ela subir. Ela está um pouco afundada, mas eu sei que é aqui, porque a última pessoa que veio achar a lua deixou a canoa pra trás, já que eles puderam andar pelo caminho na água. Paro os passos e minhas pernas dobram sem eu querer e meus joelhos fazem pá nas pedrinhas. O Grude ainda ronrona e tento tirar ele das minhas costas, e ele, todo mole, bate a cabeça, mas não chora. Olho pro Grude, e o rosto inchado dele nem se mexe. Fico com medo de novo que ele tenha morrido.

— Grude. — Vou bem pro lado dele, falar na orelha, sussurrando. — Chegamos. A lua vem vindo.

Dá pra ver os olhinhos dele, que não se mexem debaixo das pálpebras. Pego uma mão dele e as minhas estão cheias de bolhas. Não consigo sentir a pele dele, mas então sinto um pouco, e o polegar dele se mexe e aperta o meu.

Desço até o lago e boto a cara lá e bebo bastante. Fico muito contente por isso. Dói na garganta beber, mas minha língua pede mais. Então, pego um pouco nas mãos e tento botar na boca do Grude. Erro e a água cai na cara dele, mas posso ver a língua se agitando como se fosse a única parte do meu irmão que quer água. Pego um pouco mais e vejo a língua feliz, então faço de novo e a língua deve ter bebido o bastante, porque para de se mexer. O bumbum e as pernas do Grude parecem bem machucados e tem sujeira em toda parte. Tiro a camisa do pijama e não está vermelha, mas um pouco roxa, então uso ela pra cobrir o Grude que nem um edredom. Agora só precisamos esperar o suficiente pra lua aparecer. Meu irmão está quente, mas treme um pouquinho, então não sei se está com calor ou com frio, mas não precisa fazer as minhocas falarem direito pra eu entender que ele me quer por perto. Porque eu sou a irmã mais velha dele. Deito do lado do Grude e encolho meus joelhos e boto meu braço em cima dele e minha mão no peito dele. Aperto ele de levinho.

— Te amo, Grude.

O Grude não responde, mas eu sei que me ouve nas orelhas porque posso sentir seu coração bater mais forte. Sinto o bate-bate do coração do Grude e espero.

25.

— ANNA? Alex? Vocês são as crianças Whyte?

Meu nome. Levanto a cabeça e lá está um homem no lago, com um remo na mão e sentado em uma canoa. Ele está saindo dela. A canoa faz bang e o homem joga o remo na terra e faz um barulho assustado. Ele tem um bigode que eu não gosto. Parece que uma lagarta morta subiu no lábio dele. Boto minha cabeça no chão, mas levanto ela de novo e penso que esse homem deve ser um estranho, por isso aperto o Grude mole com força. Eu devia responder pra ser educada, não sei. Os olhos do estranho estão arregalados e posso ver que a boca dele faz um O e ele está correndo da canoa quase sem respirar direito. Acho que ele está bravo, então vejo que está chorando dos olhos e o rosto dele está molhado e ele está tentando falar.

— Ah, meu Deus. São as crianças.

O homem corre pra gente e eu fico assustada, mas não consigo correr. O estranho devia sorrir, não chorar, então só fico de olho. Ele ajoelha do nosso lado e coloca a mão nos nossos joelhos e faz um barulho de susto e levanta. Acho que ele vai embora, mas grita bem alto nas mãos na direção da água:

— Precisamos da evacuação de emergência agora!

E acho esquisito os joelhos dele serem cabeludos como os lábios. Ele tem um walkie-talkie na mão e está gritando e chorando e não sei por quê. Ele também tem botas bem grandes. Não parece um policial nem um daqueles que não são bem um policial, e fecho os olhos porque estou cansada. Só continuo segurando o Grude. O homem levanta a cabeça e coloca água na minha boca, então abro os olhos de novo. Não tem van branca. Vi que ele colocou a camisa dele em cima do Grude. Tem um pedaço de chocolate na minha boca, então talvez os cachorrinhos venham depois. Quero correr mas se esse é o doce do estranho acho que vou ter que comer e então vou morrer.

— Anna? — diz ele, sorrindo um sorriso bonito. — Meu nome é John.

Ouço mais pessoas e depois todos os tipos de ordens e gritaria e deixo meus olhos bem fechados pra ninguém mandar em mim. Sinto alguém me levantando, então mexo a cabeça e abro os olhos. Aí curvo meu braço e ela não está lá. Nada de pelo marrom. Preciso de uma fungada, mas ela se foi.

— Gwen?

— Quem é Gwen? — pergunta uma mulher. Tem muita gente aqui e eles todos param e olham pra mim. Eu me sinto a última bolacha do pacote.

— A ursa — digo.

— Ah, Jesus. — A mulher coloca a mão na boca. — Ela deve ter visto tudo.

— Não Jesus — digo. — Minha ursa de pelúcia sumida, a Gwen.

Parte 3

*Hospital Pembroke
e Toronto, 1991*

26.

Não quero abrir os olhos e a hamster da Jessica está na minha boca. O nome dela é Fofa e ela veio com a Jessica pro jardim de infância no ano passado. Naquele primeiro dia só ficou sentada num canto sem se mexer e achei que estivesse bem morta, mas não falei nada porque isso ia deixar Jessica triste e ela ia chorar, já que ela não queria um hamster, e sim um cachorro, mas só deixaram ela ter um hamster. A Fofa era branca com um pouco de preto aqui e ali, mas, quando a gente se conheceu, eu não sabia do preto porque ele ficava mais nas partes de baixo. Era um corpo pequenino que parecia bem maior porque ficava com o pelo arrepiado como no centro de ciências, quando o homem de jaleco branco me pegou e me levou lá pro palco. Todo mundo viu minha mão tocando na bola prateada enorme que fez meu cabelo arrepiar sem eu nem perceber. Aí eles riram e eu também, porque minha barriga estava triste e eu achei que talvez fosse vomitar. Mas então o homem de jaleco branco segurou um espelho e eu pude ver todo o meu cabelo pra cima. Que nem o da Fofa.

Mas foi só um pouco depois que a Fofa chegou na sala que eu pude pegar ela na mão e conversar. Quando segurei o corpinho, vi que era mais leve do que eu imaginava e tinha dedinhos rosados com garras que não machucavam, mesmo que arranhassem um pouco. Dei um pedaço de cenoura que ela mastigou com um aum-aum-aum bem rápido, e quando segurava a cenoura as patinhas ficavam quase parecidas com as mãos. Fiquei surpresa com o corpo tão pequeno debaixo daquele pelo todo e botei minha bochecha nela. Senti cócegas, mas era tão, tão macio que tentei dar um beijo. Tive que afundar meus lábios bastante no pelo pra encontrar o corpo e ela saber que era um beijo, mas então um pouco dele ficou na minha boca e, blé, respirei à beça no pelo. A professora mandou eu parar de assustar a hamster. Tive que colocar ela no lugar e estender a língua pra fora da boca e a Jessica me ajudou a tirar os pelos da Fofa de lá. Eles eram legais e macios fora da boca, mas não dentro.

E agora parece que tem muito pelo na minha boca, mas não o corpinho ou as patinhas que parecem mãos, e estou feliz por isso. Tento abrir os olhos, mas alguém grudou cola nos meus cílios pra deixar eles fechados. Talvez eu tivesse que dormir, mas aprontei e não dormi, e agora é por isso que estão me botando de castigo e colando meus olhos. Mas eu sei que não é bem isso. Consigo abrir só um pouquinho um deles, e lá fora parece tudo branco. Meu estômago faz bom boing e lembro da floresta e das árvores e do lago, mas esse branco não estava lá. Espio pela abertura do olho e não tem o azul ou verde ou marrom nem os ventos nem a chuva caindo na minha cabeça. Acho isso bom, então fecho os olhos de novo.

Ouço iiiiiii e penso oh-oh, insetos, talvez mosquitos, mas o som não é o mesmo. Essa mosca zumbidora fica zumbindo e percebo que estou meio dobrada pela cintura, o que acho bem esquisito, porque é como se a minha cabeça subisse de um lado e meu corpo do outro na direção do céu, mesmo sem eu empurrar eles para lá. Queria esmagar a mosca, mas o meu braço não tem mais sangue dentro. Talvez o osso tenha saído e agora eu só tenha um braço mole que fica pendurado que nem o passarinho do Grude ou um elástico bem grosso de prender jornal, desses que dá pra colecionar pra fazer uma bola que quica como uma de verdade se você ficar aumentando ela por anos e anos. A mosca zumbidora para, então penso ufa, não vou precisar me preocupar com esmagar ela sem mata-moscas ou a minha mão, ou com um sapato também se eu tivesse um, mas deixei os meus em algum lugar e não sei onde. Não tem mais mosca zumbindo e meu corpo está sentado.

— Anna?

Abro um pouquinho o olho pra espiar. Está bem branco em toda parte, acho que deve ser a lua. Uma moça que é uma estranha está falando em uma voz cantada, tentando parecer a mamãe, mas ela é mais velha e não tem o mesmo cheiro. A abertura do meu olho fecha.

— Beba.

Tem algo na minha boca e agora está molhado e penso oh-oh, a Fofa vai se afogar, mas um pouco da água entra e a Fofa não está lá. É só parecido com o pelo que ficou pra trás, que a Jessica deixou ou botou com os dedos de volta pra dentro. Um pouco mais de água e os pelos são empurrados pra baixo e não têm gosto de nada. Assim é um pouquinho melhor.

— Isso aí.

A moça está no meu olho e sorri.

— Como está se sentindo?

Eu não sei.

— Você precisa comer algo.

A moça se vira pra sair e o cheiro vai junto, então volta que nem o de um biscoito que não é chocolate ou, blé, tapioca, mas desses com alguma coisinha branca no topo. Não acho mesmo que esse seja meu biscoito favorito, mas tudo bem. Ela está segurando alguma coisa, então puxa uma mesa que sobe por cima do meu corpo e mostra uma tigela com um chapéu de metal. Não sabia que tigelas podiam usar chapéu, mas essa usa, e será que é porque ela fica com frio de vez em quando ou por outro motivo? Quero saber e abro a boca e a Fofa foi embora, mas agora um sapão entrou. É assim que a mamãe chama. Esse sapão tem garras, não só dedinhos, que arranharam minha garganta porque o sapão queria sair ou ficou preso atrás dos pelos da Fofa e tinha uma fila.

— Está tudo bem. — A moça coloca uma mão doce em mim e os lábios dela são bem vermelhos. — Você não precisa falar.

E eu não falo, mas isso não explica por que uma tigela tem chapéu. Aí ela tira o chapéu e lá dentro tem gelo.

— Você está no hospital.

Não é a lua, mas é bem branco. "Hospital" é uma palavra difícil de dizer. Tentei faz um bom tempo quando a vovó estava doente e saía algo como "pital". Todo mundo ria. Isso foi antes de eu me livrar das minhocas do cérebro que não tenho mais. Ali na tigela tem gelo laranja que parece aquele suco Tang que a gente só pode beber de vez em quando no verão como um agradinho. Só que está em um cubo de gelo do congelador, então talvez seja mais que nem um picolé?

— Você estava com muita, muita sede. É por isso que sua garganta está doendo.

Então ela não sabe sobre o sapão e eu não quero contar porque essa é uma boa hora pra manter segredo e não quero que ninguém pegue a Fofa ou o sapão e eles podem fazer isso se eu contar.

Eles não contam que você vai pra escola um dia e a Fofa sumiu e não tem gaiola e não tem mais beijinho e carinho de manhã.

A moça coloca uma colher na tigela e pega o gelo de Tang e fico vendo ela aproximar a colher da minha boca. O suco balança balança balança e meus olhos estão arregalados porque isso é bem engraçado, mas não consigo rir direito. Minha cabeça dói. Queria que o Grude visse isso. Era meu trabalho levar o Grude pra lua e não consegui. Não sei onde ele está, talvez perdido. Se visse o cubo de gelo balançar, daria uma risadinha, e isso faria eu dar uma risadinha, aí ele ia rir e eu também e a gente ia ficar mole de tanto rir. Sinto falta do Grude. Penso que o balanço é engraçado, mas não consigo rir porque o Grude sumiu, então só olho e a moça está trazendo ele pra perto e mais perto e não sei porque e só fico lá olhando pra ela.

— Engraçado. — Sorrio.

Ela sorri um sorrisão.

— Você gosta?

Não sei o que a moça quer dizer com isso então olho de volta pro gelo de Tang. Ela continua a trazer a colher pra perto de mim e está tão perto que não consigo mais ver ele balançando. Ela empurra a colher na minha boca. Não dá pra ver porque meu nariz está na frente e sinto o suco gelado nos lábios. Uma vez eu peguei um cubo de gelo do congelador porque eu gosto e brinco com eles até sumirem, mas não posso mais porque esqueci os cubos do lado de fora e formou uma poça e eu fiquei encrencada. Tirei um de mansinho do congelador com uma cadeira, mas a mamãe viu a cadeira e descobriu, então tentei esconder o cubo na boca e ele ficou preso na minha língua. A mamãe disse pra eu não puxar, então tive que sentar com ele e minha língua entrou no gelo, aí a mamãe derramou água ali e ele saiu. A moça não tem água e não quero que a minha língua fique presa no gelo.

Fecho a boca bem firme.

— Você não gosta de gelatina? — pergunta a moça. — Experimente. É bom ter algo no estômago.

— Gelatina?

— Isso. De laranja.

Ah. Eu quero muito gelatina e nunca me deixaram comer antes. Se a mamãe entrar pela porta pra me dar um beijo, ela vai me ver, e talvez o papai também, mas ele não liga tanto pra doce, então tudo bem. Abro a boca e ela vira a colher e faz plop. Então tem um pouco de Tang que fica balançando e eca, é bem esquisito, e minha língua diz não, obrigado, e pffft eu cuspo. O cubo de gelo balança pra fora da boca e vai pelo ar por cima da tigela e do chapéu e cai na bandeja atrás de tudo.

— Bela pontaria — diz a moça.

Eu concordo com a cabeça e fico orgulhosa, porque cuspi bem longe, mas estou muito cansada.

27.

— Tem alguém aqui que quer ver você — cantarola a moça do outro lado dos meus olhos.

Abro eles e o quarto é muito branco, mas não é a lua, e o vovô está na porta. Sorrio, porque amo o vovô e ele tem cheiro de cachimbo, bem bom. Ele vem até a minha cama e coloca a mãozona dele em mim, que é áspera e tem unhas grossas que papai disse que devem precisar de uma serra pra cortar. Vovô está olhando pra mim e ele tem um meio sorriso e meio não sorriso.

— Oi — digo.

Ele se inclina e me abraça e consigo cheirar o cachimbo e também um pouco daquilo que mamãe usa pra limpar a banheira quando a gente faz isso juntas com a esponja, meio verde e grossa, pra deixar a banheira branca de novo. O vovô não diz oi de volta e é sempre assim, porque ele cumprimenta com os olhos. Posso ouvir pelo olho, então ele não precisa falar, que nem o Grude, só que sem minhocas de cérebro, só olhos. Ele está numa cadeira e senta do lado da cama e está com uma mão no meu braço. Devo ser a favorita dele porque estou ganhando toda a atenção. Ele sorri um pouco mais e então tem alguma coisa atrás nas suas costas e eu sei que os olhos dele estão dizendo que é hora de presente, mesmo sem ser Natal ou aniversário, acho. A mamãe teria um calendário com isso marcado e eu saberia. Ele puxa o braço e mostra pra mim e na ponta dele está a Gwen!

Vovô coloca a Gwen no meu rosto e abraço ela com muita força e fungo. Ela está com um cheiro muito forte como se tivesse alguma coisa errada dentro dela, que nem sabão com mau cheiro, mas não ligo, porque posso abraçar ela até voltar a cheirar certo. A Gwen coloca a boca costurada na minha bochecha e diz que sentiu muito, muito a minha falta. A gente se ama e se abraça por um tempão, e estou tão feliz que fico com um sorrisão.

— Obrigada — digo pro vovô pra ser bem-educada.

Ele faz que sim com a cabeça e está sorrindo com os olhos, que estão meio vermelhos como se vovô estivesse em uma piscina sem óculos de natação. Nunca vi vovô com óculos de natação. Queria nadar na piscina, mas estou muito cansada, e não iria agora, porque a Gwen não nada. Não quero deixar ela na cama, como sempre, então não peço pra ir na piscina. Só quero ficar com a Gwen.

— O guarda, John, voltou para buscá-la — diz o vovô.

Acho que ele quer dizer voltou pra piscina.

Outra moça vem sem gelatina e faz um grande sorrisão. Ela tem giz de cera. O sorriso tem lábios bem vermelhos que acho que ela desenhou com o giz. A moça coloca o pacote de giz na minha bandeja com um pedaço de papel. Quero fazer um chapéu de papel pro vovô, mas ela diz que é hora de desenhar e me pergunta o que quero desenhar. Eu digo a Gwen. Desenho um ursinho que não está nadando, parecido com a Gwen, com pelo marrom e nariz preto, e a moça pergunta se não quero desenhar outra coisa. Digo que quero terminar a Gwen, e ela diz que tal a minha viagem? Digo não, obrigada, porque tenho que ser bem-educada, e o vovô me dá um sorrisinho. A moça faz o sorriso de giz de novo e me pergunto se ela me deixou um pouco do vermelho.

— Você viu sua mãe, Anna? — pergunta ela, e eu faço que sim.

— É um pouco cedo — diz vovô pra moça. Ele está de pé e a mãozona dele está no meu ombro e passa uma sensação gostosa e pesada, mas o vovô olha pra moça e não pra mim.

— É a primeira avaliação.

E eu não sei nada disso e o vovô diz "Humph" e senta de novo. A mão dele não está mais no meu ombro, mas sinto o dedo dele no meu e o vovô tem mão de couro. A moça me pergunta como a mamãe parecia e não sei de quando ela está querendo dizer. A moça diz que quando eu estava na ilha não muito tempo atrás, e eu sinto falta da minha mãe. Queria que ela viesse logo. A moça pergunta se nas árvores, quando o Grude e eu estávamos sozinhos, eu por acaso vi a mamãe. O sorriso de giz fica largo e ela me pede pra fazer um desenho, então não sei o que ela quer. Faço um círculo no papel pra começar e ela diz "Ah, essa é a ilha", e faço que sim e entendo que ela está falando sobre quando o Grude e eu estávamos perdidos, então me preocupo com ele ter sumido. Perdi meu irmão e talvez mamãe e papai saibam que me deixaram pra trás. Tem muita coisa que me deixa preocupada. A moça pergunta o que mais tinha lá, então boto uma árvore porque vi o Grude e tinha muita árvore quando ele sumiu. Mas encontrei o Grude de novo e acho que eu devia contar pra moça. Ela quer que eu desenhe, então faço árvores e boto o corpo do Grude no meio delas, que nem quando ele se perdeu. Não lembro quando vi ele pela última vez antes disso.

— Essa é ela — diz a moça.

Eu uso mais cores porque o Grude precisa de cabelinho fofo e amarelo ou não dá pra saber que é ele. E coloco calças, mas aí lembro que ele não estava usando nenhuma e tento apagar, só que uso preto pra fazer a terra que estava nele todo. Coloco plantas verdes na terra pra todo mundo entender que é terra, já que as raízes de plantas se prendem ali pra crescer. O preto não parece apagado, mas ficou parecido com terra.

— Como um anjo nas árvores — diz a moça.

Digo que não sei e as sobrancelhas de vovô se agitam, então resposta errada, aí digo que sim acenando minha cabeça. E a moça me pergunta por que a pele está toda branca, e me pergunto se ela já viu alguma vez o cabelo do Grude, porque é bem assim amarelo e não é a pele. A moça diz que parece que a pessoa no desenho engoliu a lua por causa da pele e estou ficando cansada e não quero mais desenhar. A moça pergunta se quero botar mais alguma coisa e olho pra boca dela se mexendo com lábio rachado. Tento pegar o vermelho.

— Boa escolha. — Ela me dá o vermelho.

Tem um bocado de vermelho sobrando ainda, e eu fico surpresa porque tem muito, muito na boca da moça. Eu queria que ela fosse embora, então quero pegar o vermelho dela. Coloco ele no punho como um bebê segurando um giz e começo a fazer força com ele pra deixar o papel o mais vermelho que consigo em toda parte. Olho pro desenho e ha-ha porque o Grude está preso no desenho e parece que tem a boca da moça em toda parte dele. Não gosto da moça e tomara que ela fique triste, porque usei o vermelho dela e olho pra ela pra ver. A moça está olhando pro desenho e tem uma mão no peito e outra na boca e diz:

— Ah, vamos precisar trabalhar isso.

A moça e o giz vão embora e vovô diz:

— Ótimo.

Ele fica aqui um tempão e eu gosto dele sentado do meu lado, então a outra moça, a que canta, traz uma bandeja. Todo mundo na bandeja tem chapéu, então ela tira os chapéus e tem sopa e um sanduíche sem casca, oba! Dou uma mordida nele, porque gosto de triângulos e as pontas são as melhores partes. Como todas as três e isso deixa aquele meio em círculo, que coloco na boca e depois de novo e mastigo tudo e engulo. Então vem a sopa, e com essa o vovô me ajuda. Ela escorre no meu queixo, e tem um biscoito que a moça coloca na minha mão e que é um pouco blé porque é de tapioca, mas tudo bem. E meu corpo fica melhor por causa do biscoito e meus dedinhos se mexem. Digo obrigada e fico melhor e queria poder ver mamãe.

Olho pro rosto de vovô e fico preocupada em perguntar porque os olhos dele dizem não, mas preciso ver mamãe porque ela precisa saber que a Gwen voltou ou vai ficar muito preocupada.

— Você o viu? — pergunta vovô, em uma voz bem baixinha.

— Vi o quê?

— O urso.

O rosto do vovô parece todo torcido e consigo ver água nos olhos dele. É como se estivesse olhando pra dentro de mim. Sei que vai ser mais seguro se ele souber que sou diferente, então balanço a cabeça. Aponto pra minha barriga.

— Eu tenho o cachorro preto.

— Urso?

E não sei do que o vovô está falando. Ele tem um choro vindo no olho e fico triste, porque não sabia que um vovô podia chorar. Quero ele bem de novo.

— Aham. — Dou tapinha na barriga. — Urso cachorro preto.

Isso deixa o vovô feliz e sou boazinha. Ele me dá um abração e é quentinho. Quero todo mundo normal e bem e dou um beijinho nele.

— Mamãe?

Vovô não diz nada e respira pelo nariz feito o Grude, só que o nariz dele é umas cinco vezes maior, então vem um arzão e faz o maior barulho. Ainda tem ar pra mim, porque tem bastante dele no hospital, mas se eu estivesse em um lugar com menos ar como na barraca acho que não conseguiria respirar direito, porque os narizes maiores que nem o de vovô iam sugar tudo e não iam deixar nada pra mim. E talvez não tenha bem o bastante no hospital, porque tento sugar um pouco pela boca e o nariz, mas ainda não chegou no meu corpo, então espero que vovô ou os outros adultos com narigões parem de respirar tanto assim.

— Sua mãe não está entre nós.

Aceno com a cabeça e tem uma janela que eu não tinha percebido do outro lado do quarto. Me pergunto se é lá que deixamos ela. Também tem uma televisão e eu queria ver uns desenhos.

— Você está entendendo? — pergunta vovô.

Faço que sim com a cabeça porque estou escutando e sou bem-educada.

— Ela está no céu agora.

— Quando ela vem me visitar?

— Ela vai ficar por lá. Vai ficar esperando.

Quanta espera o tempo todo! Vovô coloca o queixo no peito e lembro que a mamãe disse isso pra mim, então é verdade. Mas a vovó está morta e foi no hospital que ela morreu, então talvez eu esteja morrendo também e a gelatina que balançava demais era como eu tinha que perceber que estavam acontecendo coisas ruins.

— Eu morri?

— Não. — Meu vovô levanta a cabeça e olha pra mim e os olhos estão mais vermelhos agora. Ele nem foi na piscina.

Vejo um vazamento e sei que ele está chorando por causa de como sente falta da vovó e de mim também, então fico com uma lágrima no olho porque queria que ela viesse me visitar no hospital se estou pra morrer e não vou mais ver ela.

— Quando eu vou morrer?

— Não por um longo tempo.

E suspiro porque isso parece tanto tempo que é chato, e o Grude deve estar esperando morto também. Então agora é só vovô, eu e a Gwen e o mundo todo e tomara que não a gelatina.

Mas é muito ruim se o Grude tiver morrido, porque aí eu não vou ter como ensinar pra ele como cuspir gelatina. Sinto tanta falta do Grude, e minhas pálpebras estão puxando forte pra se fechar. Ele podia tentar cuspir a gelatina, aí eu ia cuspir de verdade e se a moça ou vovô pegassem a gente no flagra eu ia dizer que foi o Grude e eles iam acreditar, porque a gelatina ia ficar toda espalhada na cara dele, balançando. E também o Grude ia ficar rindo da gelatina e eu podia fazer ela balançar bastante pra ele continuar rindo. Quero que ele saiba da gelatina.

— O Grudento pode ver?

— Quem?

— O Grude.

— O que grudou onde?

— O Alex.

— Seu irmão?

— Ele pode ver?

— Não com os olhos fechados.

— Porque ele morreu.

— Não. Ele está dormindo.

— No céu?

As sobrancelhas do meu vovô estão tentando se prender no meio da cara.

— Ele está bem ali — diz e aponta.

Viro a cabeça pra olhar e tem uma cama e um corpinho atarracado e é o Grude! Eu não sabia que ele estava ali e quase sempre sei por causa da respiração barulhenta dele. Não é justo, porque ele está mais perto da tevê. Isso não quer dizer que vai escolher os programas, porque seria chato e coisa de bebê e eu sou melhor em escolher o que assistir. Mas ele está deitado ali com um lençol por cima do corpo e os bracinhos pra fora e está com uma agulha presa na mão. Ai. Só que o rosto dele está nojento. O tomate está bem vermelho e gosmento que nem um que estragou e caiu no chão e penso eca. E é maior que nunca. E fico sentindo pena do Grude por ter essa cara, mas será que ele viu como a gelatina foi longe quando eu cuspi? Quero perguntar pra ele. Olho pro tomate e acho que os olhos estão fechados. Deve ser por isso que a moça dá gelatina pra mim e não pra ele. Me preocupo que ele tenha pegado uns biscoitos quando eu não estava olhando. Vou ficar de olho agora porque quero biscoitos também, e não é justo se a moça só der eles pro Grude.

— Hera venenosa — diz vovô.

— Eca.

— É. — Vovô dá uma risada baixinha que eu nem consigo ouvir direito. — Eu que o diga.

Fico encarando o Grude porque posso acordar ele assim e não ficar encrencada na maioria das vezes, porque na verdade não fiz nada. Não consigo agora porque o veneno está fechando os olhos dele. Fico encarando a cara amassada do Grude e sinto meu coração de quando eu perdi ele e isso me faz querer chorar. Fungo na Gwen e dou um abraço e quero ver tevê, então fico encarando ela e esperando que ela ligue só por isso. Está tão perto da cama do Grude que aposto que, se eu tivesse aquela cama, eu ia poder me rastejar pra ponta dela e ficar perto o bastante pra ligar a tevê. Isso não é justo, porque o Grude está dormindo e, de qualquer jeito, está muito inchado pra assistir.

— Não se preocupe. Ele vai ficar bem — ouço o vovô dizer.

Encaro mais a tevê porque pode funcionar como uma dica e ele vai ver com os olhos e saber que quero ela ligada.

— Você tomou conta dele.

Faço que sim com a cabeça pra ser bem-educada e fico olhando pra tevê.

— Minha garota. — Vovô toca meu braço. — Você fez muito bem.

— Tá. — Estou cansada e a Gwen também.

— Que tal um pouquinho de tevê? — pergunta o vovô.

E eu abro um sorriso.

28.

Vovô ESTÁ na poltrona dele. Nossa casa está escura e cheirando a cachimbo porque já é noite. Estou de pijama e no topo da escada, e fica tudo parecendo um pouco esquisito porque a poltrona está em frente da janela da nossa casa e não da casa dele. Não sei como a poltrona fez pra andar da casa do vovô pra nossa, porque ela não tem pernas de verdade e agora está aqui pra sempre. Só tem quatro perninhas de madeira. Vovô está dormindo na poltrona. Acho que a poltrona começou a ser levada pelo vento e voou pela janela da casa dele até o fim da rua, mesmo que eu saiba que não foi bem assim. O vento deve ter soprado bem forte e vovô, subido pro céu e rebatido na nuvem, que não era de chuva, então as meias dele não ficaram molhadas e ele continuou dormindo e voando.

Meus pés estão frios e vou descendo as escadas e fazendo rangidos porque nossa casa é velha. As escadas sempre me entregam. Tive um resfriado no hospital. Estou melhor agora, e a Rose que veio depois que vovó morreu chegou da casa do vovô pra nossa casa. Ela achou loção pra pele que cheirava meio mal e passou tanto em mim que fiquei com bigode. Ri do bigode, mas não achei engraçado até me olhar no espelho e ver. Ri mesmo não sentindo tanta vontade. A Rose riu também e pegou a escova pra limpar a privada. Não estou mais resfriada e o vovô está descansando os ossos velhos dele na poltrona.

Nossa casa agora está diferente. A poltrona do vovô fica na nossa casa e a Rose abre a porta todos os dias. Não tenho que ir pra escola. O cabelo do Grude é escovado todas as manhãs e ele nem sabe por quê. Tem gente com comida na porta. Ou às vezes a porta abre e eu não sei quem é essa gente e eu tenho que sorrir, mas tudo bem, mesmo que eu não sinta vontade. Acabei de acordar e era de noite e achei que estivesse no hospital ou na lua, mas não estou. Estou em casa, mesmo que não pareça tanto nossa casa. Vovô está em casa toda hora, não só naqueles dias especiais, e isso é legal.

Acordei e chamei a mamãe, mas só na minha cabeça. É de noite e está escuro. Ela não veio e foi assim que eu soube que estava vivendo dentro do meu sonho. Se estou tendo um pesadelo, ela diz que eu devo levantar e ir pro banheiro. A luz do banheiro está acesa. Eu lembro da barraca. A coisa mais importante é que preciso lembrar de fazer xixi só depois de chegar na privada. Não tem privada quando estamos acampando. Tem uma na minha casa e fiz xixi e mesmo assim mamãe não veio, então devo estar dentro do meu sonho.

Faço o barulho nas escadas, mas isso nem acorda vovô. Se papai estivesse dormindo no sofá, ele iria acordar e sorrir com aqueles bigodes quentinhos. Vovô ronca um pouquinho e tem um cabelo bem branco que parece feito na roca do Rumpelstiltskin, colocando prata na cabeça dele pra ficar legal. A pele é marrom e enrugada que nem o sapato do papai, que é couro, só que na bochecha do vovô. Ele tem olhos cinza que parecem os da mamãe e os meus e os do Grude. Gosto do ronquinho dele e o peito sobe e desce. Toco o joelho.

— Hein?

A cabeça do vovô levanta como uma tartaruga saindo do casco. Tem uma tartaruga na escola, só que o nome dela deve ser algo como Francis ou Franny e eu nem me lembro. Ela tinha dobras no pescoço. A tartaruga botou a cabeça pra fora e piscou os olhinhos e foi assim que viramos amigos, não tão amigos quanto com a hamster Fofa, mas ainda assim bastante. Os olhos do vovô abrem e parecem que nem água na piscina, com uma nova parte de vermelho nos cantos. Estendo o braço e digo ai pros olhos deles.

— Vermelhos, hein? — Ele funga com o nariz.

Fungo com o meu nariz também.

O banquinho na poltrona do vovô está saindo do fundo e coloco meu joelho ali pra escalar, mas aí faz pá e fecha. Eu faço pou. Meu bumbum vai parar no chão.

— Opa! — Vovô se inclina pra frente e me bota no colo.

Estou segura agora, e ele se abaixa pra alcançar a alavanca mágica no lado da poltrona e fazer o banquinho voltar pra fora. Vamos nos inclinando e os pés dele sobem pro ar no banquinho ao mesmo tempo. Se o vento chegar, vamos voar pela rua e isso é coisa do meu sonho também.

— Ainda sem vontade de falar, Anna?

Coloco minha cara na camisa macia dele e cheira bem como o sapato de couro do papai. Não uma tartaruga.

— Tudo bem. — Ele passa a mão no meu cabelo. — Que horas são? Ainda é hora de dormir.

Coloco minha orelha no peito de vovô e ouço a respiração.

— Tive uns probleminhas também.

Fico ouvindo o papum do coração. Sua voz soa meio rouca e presa na garganta e faz com que ele tenha que ficar sussurrando. Ele faz u-hum e o peito treme. É como um trovão bem baixinho fazendo boom-boom swish e grum-grum. Seus braços me apertam. Eu pisco. Ficamos na poltrona do vovô com a minha cabeça no peito dele e subindo e descendo. Deixo os meus olhos fecharem e a minha cabeça ficar mais e mais leve até que finalmente vem uma nuvem que eu acho bem legal.

— Sinto tanta falta dela — diz ele.

29.

Ouço a Rose me chamando e a Gwen não responde. Estou de volta na minha cama, alguém me botou aqui e não foi o papai. Puxo a coberta até o meu queixo mesmo com sol lá fora. A Gwen está fria. Estou no meu quarto, que é meu lugar favorito de ficar, mas agora nem tanto porque estou mais velha. Ele é azul-claro como o céu e mamãe disse que era pintado com parte dos meus olhos. Eu costumava ficar na cama e me sentir como se estivesse flutuando pelo céu. Gosto do meu quarto e gosto da minha cama, mas estou preocupada e por isso não posso flutuar. Fungo na Gwen. Não me sinto mais como se estivesse flutuando, mesmo com o quarto azul. Minha cabeça está pesada e não me deixa levantar.

Rolo pra ficar de costas e a Gwen se encaixa bem debaixo do meu queixo. Posso ver a árvore acenando as folhas pra mim. Digo oi, mas só na minha cabeça. Se é um sonho, não posso falar em voz alta. No sonho minha voz não sai de verdade da boca. Papai uma vez disse que eu estava gritando no sonho, mas que era porque eu estava acordando e o sonho passou de quando eu dormia pra quando eu já estava quase de pé. Quando o sonho faz essa passagem, eu acordo. Quando grito no sono o papai precisa vir e subir na minha cama e se aconchegar comigo. Aí eu acordo. E a minha voz volta a sair alta da minha boca.

— Anna?

A Rose diz meu nome e não o da Gwen, então a Gwen não sabe que estão chamando ela. Só fica encaixada aqui e quer que eu fique também. Puxo a coberta pra cima e agora está tudo um pouquinho mais escuro, só que não preto. A cabeça da Rose entra no quarto.

— Aí está você, querida. Me deu um susto. Não vi você debaixo da coberta.

Gwen diz ah.

— Vamos descer? Tem alguém que... bem, eu fiz biscoitos.

A Gwen me cutuca com a cabeça redonda e peluda.

— É melhor vir antes que os biscoitos sumam na boca do seu irmão...

A coberta sai da minha cabeça e agora é dia de novo. A Rose está com uma ruga no rosto que vira um sorriso e a mão dela está na minha testa, parecendo com a manteiga fria que sai da geladeira.

— Vem, querida. — Ela nos puxa pra sentar e me dá um abraço doce. Eu gosto da Rose.

Rose e eu encaixamos a Gwen na coberta com a cabeça no travesseiro. Ela ainda está fria. Seguro a mão de manteiga da Rose e meus pés estão na escada e range range e sinto o cheiro dos biscoitos. O Grude está correndo com dois biscoitos. Ele não poderia fazer isso na hora do café da manhã se a mamãe estivesse aqui, mas a Rose deu dois pra ele.

— Nana-nananananana — grita o Grude quando me vê. Ele está louco de biscoito porque comeu muitos.

Ouço uma voz estranha e me viro. Sentada no sofá está a moça com o sorriso de giz. Minha barriga faz ah não. O giz na boca aumenta e ela está me olhando. Isso quer dizer que ela me quer. Não quero ela de volta.

Quero fungar na Gwen. Me viro pra subir as escadas e pegar ela. Vovô está ali e me pega pela mão. A Rose coloca um biscoito na outra e eu olho com olhões tristes iguais os que o Grude faz. O Grude não é lá muito esperto, mas às vezes ele tem umas boas ideias, e a Rose coloca outro biscoito na minha mão. Digo na voz dentro da cabeça que o segundo biscoito é pra Gwen, que não sou gulosa que nem o Grude. Meu irmão está correndo por aí rindo e Vovô diz pra ele vir. Vovô tem uma bola e eles vão pro quintal. Fico olhando porque talvez é pra lá que quero ir também. Ninguém me convida pra ir com eles.

A Rose coloca um copo de leite na mesa de centro com um porta-copos embaixo porque diz que agora é ela que tem que cuidar dos círculos molhados na mesa também. Ela conta pra moça do giz que se acostumou a lidar com crianças e coloca maionese nos círculos da mesa. Então os círculos somem e assim é melhor. Olho pra mesa e vejo os círculos que ficaram de quando o Grude deixou o copo dele ali por um tempo enorme e mamãe esqueceu. Quero que fique sem maionese. Coloco minha mão no círculo. A moça do giz me olha e diz:

— Está tudo bem, Anna.

Rose me dá outro biscoito e então vai embora e eu me sinto mal porque talvez ela foi embora porque eu disse que não queria maionese na mesa. Agora estou sozinha com a moça do giz. Ela tem cheiro de biscoito de sal.

A moça do giz tem o giz, porque ela sempre tem. E um pedaço de papel. Ela coloca o papel bem na minha frente e eu mordisco um biscoito. Meus dentes da frente são parecidos com os da Fofa e mastigam, mastigam, mastigam rapidinho e tiro assim uma lasca de chocolate. Fico procurando outra lasca e acho bastante porque a Rose coloca muito chocolate.

— Quer conversar?

Mordisco mordisco.

— Ou prefere desenhar?

Olho pra moça do giz e os lábios dela são muito vermelhos. Vejo que o giz vermelho está bastante gasto. Coloco meus ombros pra cima e ela bota um giz na minha mão. É azul, e isso significa que ela pensa que sou um menino. Ela não sabe. Coloco o giz na mesa e procuro outro melhor.

— Eu bati um papo legal com o seu irmão.

Olho pra moça do giz e me pergunto se ela deu um picolé pra ele falar. Sei que o Grude não sabe muitas palavras. Um dos truques dele são os olhões tristes e às vezes uma risadinha e assim ele ganha coisas. Olho pra mesa e vejo que tem iogurte numa tigela toda bagunçada e percebo que a moça do giz conseguiu fazer ele falar porque o Grude só senta em um lugar por tempo o suficiente pra botar comida na boca. O iogurte é azul, então deve ter sido de mirtilo. Tem uma colher na tigela. A parte errada está pra fora e tem iogurte por toda a parte onde a gente bota a mão. Isso quer dizer que as mãos grudentas do Grude passaram ali.

— Ele me disse que seu pai está no trabalho.

Fico olhando pra colher e posso ouvir Grude dizendo "balhar". Eu falo grudês e a moça do giz não. Sorrio de leve porque o Grude é engraçado.

— Você sabe onde está o seu pai?

Olho pra moça do giz e não sei qual é a resposta que vai fazer ela saber que pode ir embora. Penso em ser bem-educada e sorrio um pouquinho e só. Não penso em sorrir de verdade. Ela deve ver que meus olhos não estão pensando em sorrir porque junta os lábios com giz e empurra a caixa na minha direção. Esqueci que eu estava escolhendo uma cor. Não sei o que desenhar. Talvez eu queira iogurte, mas não de verdade, e eu poderia desenhar nossa casa ou nossa família, que é o que a escola sempre pede. Alguma outra coisa é melhor, talvez um balão. Vejo um giz vermelho e ele está pequenininho fazendo com que eu precise puxar e rasgar um pouco do papel que cobre ele. A moça usa giz demais na boca. Mamãe mandaria dividir, mas não quero o giz da moça porque ela tocou nele.

— Você sabe o que significa quando alguém morre?

Mamãe gosta mais de canoas do que de barcos barulhentos. Ela gosta do Parque Algonquin porque a maioria das pessoas não está lá agora então vai ser só nossa família. Vamos ficar juntos porque somos grandes e vamos preencher todo o espaço. E é assim que penso na nossa família quando tenho que desenhar pra escola. As pernas do papai e da mamãe são bem longas e se estendem por quase todo o papel. Eu sou longa também e estou usando as meias cor-de-rosa que podem subir até depois do meu joelho quando eu puxo bem. O Grude é uma coisinha baixinha e pequena, menos pela cabeça, que é grande. Mas toda a pintura usa muitas cores e é bem grande pra cobrir o papel de um lado pro outro e nós enchemos ela legal.

— Não é igual a dormir. Quer dizer que a vida para. Quando as pessoas morrem, elas não voltam.

A moça do giz pode ouvir meus pensamentos e talvez isso seja porque estou num sonho. Me pergunto se ela pode ver as minhocas no meu cérebro e fico brava. E tem um giz que é marrom e tem a ponta ainda perfeita e ela não tocou nele. Sei como eles são quando acabaram de sair da caixa. Ninguém gosta muito do marrom, nem eu. O marrom não tem pedaços de papel e penso que a Gwen é tipo essa cor. Ela está lá em cima dormindo. Fico feliz quando penso na Gwen, então pego o marrom.

— Tem alguma coisa que você queira me perguntar, Anna?

Deixei a Gwen lá em cima e me dei mal. Quero subir pra pegar ela. Estou aqui atolada com a moça do giz e educação. Desenho a Gwen e às vezes faço isso quando estou na escola também. Sinto falta dela. As orelhas são círculos, mas sem a parte de baixo, que é onde eu desenho a cabeça redonda dela com o fio preto que é o sorrisinho que ela tem. Preciso do preto e desenho ele de preto. Faço o corpo dela e tem um pedaço mais claro de pelo que é macio então desenho esses pelos que às vezes fazem cócegas no meu nariz. Ela tem perninhas e braços atarracados e bolotinhas no bumbum. Esses eu não desenho porque ficam dentro do corpo dela, com os pontos e os fios deixando eles lá dentro. Não posso ver, mas consigo sentir as bolotinhas quando abraço ela.

— Um urso?

Desenho o pelo e deixo os mais curtos pequenos porque são mais que nem o carpete do que o cabelo na cabeça do Grude. Coloco os pontos que são garras, mesmo que o giz preto esteja mais usado, mas tudo bem, porque só preciso dele um pouquinho. Faço a melhor pintura da Gwen de todos os tempos. Quero tanto mostrar pra mamãe. Minha barriga fica vazia porque quero pegar a Gwen. Sinto falta dela e quero fungar.

— Ótimo, Anna.

Me pergunto se meu desenho está tão bom que dá pra fungar, então seguro bem perto da minha cara e fungo, mas não dá. Tem cheiro de giz, mas tudo bem, porque é gostoso. É um cheiro mais quente que nem as docas do chalé. Estou com frio. Giz de cera e a doca são legais. Às vezes eu fico deitada na doca porque a minha pele e o meu cabelo estão molhados. A madeira quente derrete nos meus ossos. Acho que meus ossos são de metal. Quando a madeira esquenta muito, deixa eles quentes. Aí os ossos empurram o calor por aí pra toda parte do meu corpo. Uma toalha vem me cobrir e eu deixo meus olhos bem fechados e olho só pro laranja dentro das pálpebras. É laranja e o sol faz um ponto que parece mais a lua. Se eu apertar mais os olhos, fica tudo mais brilhante e vermelho. E quando eu abro os olhos o sol sorri pra dentro do olho e eu preciso apertar a visão e sussurrar obrigado porque ele fica me aquecendo. Quero mamãe.

— Vamos fazer as pazes com aquele urso.

Preciso de uma fogueira nos meus ossos.

30.

Alguém toca a campainha e a Rose vai até a porta de novo. Acho que alguma coisa num prato bonito com cheiro de pão e queijo vai entrar. Ou talvez eu tenha sorte e seja um bolo de chocolate. Vovô coloca os olhos em mim e eu sei, mas estou presa e tenho que dar um oi. Sento na escada. Olho pro vovô e a porta se abre mais e a Rose dá espaço pra pessoa entrar e olhar pra mim. É um pai na porta.

Vovô faz um barulho com a garganta.

— Anna, dê um oi para o senhor...

Sorrio um pouquinho pro pai pra ser bem-educada, mas estou acostumada a ver ele. É o Steven, mas o vovô não sabe porque é a mamãe que me leva pra brincar. Ouço os pés do Steven irem pra frente.

Não estou com vontade de dar oi pro Steven e ele diz que tudo bem às vezes. Olho pros pés dele e vejo um pezinho preto e brilhante. Uma garota aparece por um segundo. Vejo o rosa flutuar em volta das pernas dela por um momento como se mal tocasse nelas. É a Jessica. A franja dela está muito reta e bem-feita. Acho que a escova grande e fina pode ter prendido na frente da cabeça dela porque está bem armado e liso. Mas só a franja está assim. Ela está usando um vestido rosa com uma saia um pouco armada. É brilhante e tem uma parte cheia de dobrinhas embaixo. Isso significa que fica sempre um pouco armado mesmo sem vento.

Ouço a Jessica dizer meu nome e não respondo nada. O cor-de-rosa brilhante e as meias que são dobradas que nem lencinhos. Uma mão vai nas costas dela e a Jessica vai pra frente, pra além da perna e parece tímida como se fosse dia de tirar foto. Só que não penso sim porque isso é na escola e agora ela está na minha casa. Está com as mãos atrás das costas e olhando pro chão. Bochechas rosadas e uma mão faz um tap-tap e ela diz:

— Oi, Anna. — E olha pro Steven.

Fico sentada na escada. Minha mão está na minha franja. Elas não ficam caídas ou lisas. Lembro de quando estava na canoa e consegui franja molhada. Um urso andou na praia e ficou cheirando o ar. Estava fungando e assustou o Snoopy e até o cachorro preto. Não tinha escova nem secador pra jogar ar quente e nem tomada. A Jessica não sabe. Mamãe só tem um pente e eu disse que precisa ser uma escova das redondas. Mamãe tem uma que é que nem um quadrado. Ela tenta e minha franja fica reta, mas não armada. Nada lisa, com partezinhas que ficam subindo. Digo que fica fofo demais. Não quero ficar que nem a Fofa porque ela é uma hamster. Não uma moça de verdade. Levanto e boto o pé na escada. Range e range. Fico brava e torço o pijama com a mão mesmo com ele ainda no meu corpo. Não tenho vestido. E a camisa do pijama tem ursinhos de pelúcia como os de um bebê e está suja de farelo de biscoito. Mamãe não faz isso direito. Detesto a mamãe! Eu grito e isso vira um choro. A Jessica anda pra trás. O Steven abaixa a cabeça. A Rose está nas escadas e eu vejo o vovô acenando com a mão. O Grude tem um caminhão na dele. Choro e choro e odeio eles. A Rose está com os braços doces em mim e me balança e diz "Calma, calma, querida". Ela me pergunta o que está errado e minha voz na cabeça não pode dizer. Eu choro e choro e choro muito. Me sinto cansada e snif. Meu lago está vazio. E não sobrou nada pra chorar.

Mas então a Rose tem um picolé inteiro, não quebrado no meio. É cor-de-rosa. Fico com ele todo pra mim. E sou levada pro quintal ainda de pijama, mas eu nem ligo e como o picolé. Vejo a minha árvore e lá estão a Jessica e o Grude brincando na areia. Eles sempre fazem isso quando o Steven traz ela pra brincar na nossa casa. Mamãe disse que a Jessica é que nem uma babá pro Grude mesmo ela sendo tão nova. Mamãe disse que isso faz com que o Grude não chore. A Jessica enche um balde e afofa a areia no topo com uma pá e então vira o balde bem depressa. Tem um castelo, só que com o topo plano, sem ponta ou princesa na torre de cima. O Grude traz as mãos pra baixo e esmaga. Ele ri e ri até rolar sobre o bumbum, achando muito engraçado. A Jessica não está brava. Ela sorri e ri do Grude como se ele fosse engraçado e começa a cavar com a pá na areia pra encher o balde de novo.

Não quero brincar disso. O sol está na grama e derretendo meu picolé. O sol tem uma língua invisível que gosta de lamber o picolé. Ele lambe a parte boa quando começa a escorrer nos lados. Ando pra parte dos fundos da grama e meu picolé escorre um pouco pro chão. Minha árvore quer uma gota então vou até ela e inclino o palito um pouco no chão e pinga pinga pinga. Ela ganha três gotas e o resto é meu.

— Ah, Anna, é você?

A cerca está falando. Não sei como ela sabe o meu nome. Isso é meio engraçado, então eu rio, mas aí uma cabeça aparece do outro lado. É branca e tem cachos e às vezes grampos no topo.

É a Sra. Buchanan, e as calças dela estão dobradas pra deixar os calcanhares de fora.

— Fiquei sabendo que você tinha voltado, mas não quis te incomodar. Todos aqueles camaradas do jornal estão atrás de você?

E olho pras minhas costas e não vejo jornal nenhum. Talvez ela tenha deixado ele pro Snoopy. Quando ele era um filhote, ela usava eles pra fazer o Snoopy parar de fazer cocô no carpete. Não sei por que tem jornais e a Sra. Buchanan fica falando deles como se estivessem na nossa casa. Então meu coração faz uau e eu coloco a mão ali. A Sra. Buchanan sabe. Ela consegue ver que estou diferente porque o cachorro preto está aqui dentro.

Eu vejo o portão dos fundos abrir. O Grude olha pra lá com uma cara engraçada. A Jessica puxa ele de volta pra prestar atenção nela. O Grude olha pelo portão e vê a Sra. Buchanan ali e começa a chorar. A Jessica faz um barulho pra acalmar ele e bota o Grude de pé, tirando a areia do bumbum dele. Ela pega a mão do meu irmão e diz pra ele entrar e agora ele é o melhor amigo dela. Não eu.

— Vou deixar o Snoopy entrar — diz a Sra. Buchanan. — Ele quer te ver.

O Snoopy vem até mim bem rápido e para bem na minha frente sem empurrar. Sinto um grande sorriso porque amo o Snoopy. A gente se ama bastante. O Snoopy se esfrega em mim e me dá um beijão na boca. A língua dele vem no meu nariz e eu rio. Ele está lambendo meu picolé e eu digo ei e puxo ele pra longe. O Snoopy para de lamber, mas fica encarando o picolé com os dois olhos e a língua enorme de fora. Encara e encara com o rabo balançando porque ele quer muito muito mesmo o picolé. Eu dou mais umas lambidas e fico feliz que o Snoopy esteja comigo. Deixo ele lamber mais um pouco do picolé e até quebro um pedaço. Seguro com os dois dedos. O Snoopy pega o pedaço dos meus dedos e sinto os dentes dele bem suaves na minha mão. Eles tocam, mas não mordem nem arranham ou cheiram mal. Sei que não é isso que eu vi antes. Pergunto pra ele com os olhos se ele viu o Coleman quando eu estava lá dentro. Ele fala não e balança o rabo. Eu digo sabia que não era você.

Snoopy lambe o meu rosto. Passo a mão no pelo preto dele e aponto pro meu peito e mostro por que somos melhores amigos. Eu estava longe e o cachorro preto pulou em mim. Ele balança o rabo e eu digo que é por isso que a Sra. Buchanan vai dar jornais pra nós dois. Agora somos iguais. Nos esfregamos e eu balanço o rabo também. Somos iguais agora e podemos ficar no quintal e brincar. Pego uma bola e a gente corre e corre. Então fico cansada e o Snoopy também. Deitamos debaixo da árvore. Coloco minha cabeça na barriga do Snoopy e olho pra cima, pros galhos que balançam lá no céu.

Abro meus olhos um segundo depois, mas deve ser mais tarde e o Snoopy não está debaixo da minha cabeça. Esfrego os olhos e penso que devo ter uma pata, mas não tenho. Vejo uma mão igual à de uma garota. Só que se eu pudesse ver com olhos de raios X eu saberia que sou diferente de todo mundo. Os joelhos do vovô estão na frente dos meus olhos. Ouço ele perguntar se dormi. Não sei e ele coloca as costas na árvore. Vovô coloca minha cabeça na perna dele e olho pra cima e vejo o nariz e o cabelo dele. Consigo ver o rosto enrugar e apertar um pouco que nem uma esponja quando está seca e dobrada e devia ter mais água. Só que se você coloca água ela fica mais macia e esponjosa e o rosto do vovô não é assim. Me pergunto se o rosto dele vai rachar e fico preocupada. Mas lembro que esponjas não quebram, então está tudo bem. Vovô está falando numa voz triste e como os sonhos ocorrem de dia, mas eu não entendo todas as palavras. Ele coloca a mão dele nas minhas costas e abaixa a cabeça também como o Snoopy quando foi malcriado.

31.

Rose coloca macarrão com queijo na minha tigela pro jantar. Não é o tipo certo de macarrão e então sei que ainda estou num sonho, porque é branco e não laranja e os macarrões são grandes e enrolados e quero eles retos e finos. A Rose diz que fez ele do nada. Não nadei e digo isso, mas ela responde que sim ela sabe. Quero macarrão com queijo como os da mamãe e falo pro Grude que ele pode vir brincar no meu quarto. Quase sempre falo não pro Grude e coloco uma placa na porta que diz NADA NADA NADA DE GRUDE. Mas dessa vez eu quero que ele venha.

Dou pecinhas de Lego pro Grude e ele senta. Meu irmão não é muito bom em grudar as pecinhas, mas faço o fundo de um castelo e ele vai colocando elas uma em cima da outra pra montar as paredes. Vou ficar responsável pelas torres porque eu faço elas melhor. Em pouco tempo o Grude quer sair, mas a porta está fechada. Eu sempre fecho a porta pra deixar ele de fora, mas dessa vez ele está dentro. Mostro pro Grude como abrir a maçaneta e fico surpresa quando vejo que ele já é bem alto pra conseguir sozinho. Ele puxa a maçaneta e a porta abre. Ele fica muito feliz e é um sorriso bem, bem grande. Falo isso aí e dou palmadinhas de parabéns no cachorro interior, então ele balança o bumbum e fecha a porta pra abrir ela de novo. Falo bom menino de novo. Ele fecha a porta mais uma vez e abre ela de novo. E de novo. Fico enjoada desse jogo e volto a brincar. Ele fica abrindo e fechando e abrindo e fechando toda hora.

Depois de um pequeno tump vovô aparece na porta. Ele está vendo a gente brincar com um sorriso no rosto. Isso é legal, e ele diz que tem uma coisa. A mão dele está nas costas e sei que isso é um bom sinal. O Grude pega uma pecinha vermelha de Lego de mim e nem ligo por causa das costas do vovô. Eu levanto e sorrio. Vovô dá pro Grude um caminhão de bombeiro vermelho. O Grude gosta dele porque faz o som da sirene iiiioooiiiiooo como um de verdade e ignora a peça vermelha e começa a correr com o caminhão na minha cama. Não fala nem obrigado e nem tem ninguém pra mandar ele agradecer. Vovô olha pra mim e eu olho pra ele e ele puxa uma caixa das costas e é uma Barbie!

Minha boca abre um montão. Acho que deve ser da Jessica e penso que ela tem ainda mais, só que vovô me dá a caixa. Eu não tenho certeza e ele diz que sim e ri e eu pego e abro a caixa. Fico preocupada em estar rasgando a casa da Barbie, mas ela diz pra mim que não quer uma casa de caixa. Ela quer uma casa de boneca de verdade, com um tecido que vai servir de lençol e um pano que vai ser a coberta, além de também um álbum com quatro rolhas que vão ser pernas da mesa e vão manter ela de pé. Falo tudo bem. A Barbie e eu já sabemos de tudo. É um plano bem grande. Aperto ela e o topo da cabeça da boneca cheira como um chinelo novo.

Quero fazer a casa dela. Primeiro preciso ficar olhando pra Barbie e ela é muito linda. Vovô senta na cama e ri e olha pra mim. Eu digo obrigado com os olhos e ele diz sim, ele sabe, e coloca os ombros pra cima. A Barbie tem sandálias prateadas que se prendem até o final e pérolas de verdade que ficam pendendo da testa. As coxas dela estão brilhando e eu queria ter pernas assim. A saia dela é fofa que nem uma nuvem. Tem nuvens nos ombros dela também.

— A Jessica achou que a Barbie Lago dos Cisnes seria a escolha perfeita.

Vovô coloca o dedo em uma pena e eu puxo a Barbie pra longe pra não sujar. Ele só ri e a mão dele está no rosto cobrindo os olhos. O Grude está olhando pra Barbie e então diz "Ah, uau", porque ele sabe que é muito, muito especial. A Barbie e eu precisamos conversar e olhamos uma pra outra pra planejar nossos castelos.

— Que bom que você gostou, Anna! — Vejo os joelhos do vovô desdobrarem e irem pra porta. — Nunca entendi por que ela criava tanto caso com uma boneca.

Mostro meu porta-joias pra Barbie. É a coisa mais bonita do meu quarto, então esse é um dia de sonho muito bom. Tem uma bailarina que saía de uma mola e se gira ao som de uma música linda. Mostro pra Barbie e levanto a tampa e abaixo e a música para. Faço de novo e de novo e a tampa é que nem uma boca. Como quando estávamos no Coleman e o cachorro urso preto estava mastigando os lados e fazendo farpas. A boca do Coleman não era igual à boca do meu porta-joias, mas abre e fecha do mesmo jeito. Fecho a caixa e ela quase come meus dedos. Tenho cheiro e suco vermelho. O cachorro preto está aqui dentro. Ele mastiga meu coração. Grito e me agarro e ele ri. Eu chuto e a minha cabeça faz como se fosse explodir.

— Nana?

Estou com meleca e o Grude está olhando pra mim. Os olhos azuis dele são bem grandes, e as bochechas estão penduradas no rosto. Fico feliz por ele estar aqui. Posso respirar. Então olho e ele está com a Barbie! Ela está na mão dele e os dedos estão esmagando a saia toda. Eu rujo e pulo e chuto. Ele fica com medo e diz "Aaah", mas não solta a Barbie. Vou com tudo pra cima. Ele tenta fugir e chorar, mas a Barbie está ficando bagunçada e ele acerta ela na cama e as pérolas quebram e se espalham pelo quarto todo. Nunca vou encontrar elas de novo. A Barbie está quebrada e estragada agora. Faço minha mão virar uma bola e puxo ela pra trás. Faço *pá* no Grude o máximo que consigo. E *pou*, a cabeça dele vai pra trás e ele cai.

32.

Vovô entra correndo e o olho do Grude está como se tivesse sangrado e escorrido pro chão. A Rose foi pra casa agora de noite. Sou muito, muito malvada. Todo o amor por mim no coração do vovô sumiu. Ele me manda sentar na poltrona dele. Não posso sair daqui. Ele diz que está falando sério e é melhor eu não sair nunca. O Grude está com um picolé, mas não pra boca e sim pro olho. Fico na poltrona um tempão e preciso fazer xixi. A Sra. Buchanan está lá vendo o olho do Grude. Vovô não olha pra mim. Tenho que ficar aqui e me remexo. Não vou pra lugar nenhum. Me sinto enjoada e quero ir pra casa, só que já estou nela.

Tenho que ficar na poltrona e tenho que fazer xixi. Ninguém fala comigo. Não falo e só sento e sento e sento. A Sra. Buchanan vai embora e acho que está dando beijos no Snoopy. Consigo ouvir vovô colocando o Grude na cama. Livros e mais beijos e só sento e sento pra sempre porque sou muito má. Penso que a minha tigela de comida vai ficar no quintal. Então me sinto quente e nada bem e faço um pouco de xixi. Primeiro é só um pouco, mas então vem tudo de uma vez mesmo que tente segurar. É quente. A poltrona está toda molhada. A poltrona do vovô. Não falo nada e torço pra ninguém ver. Quero secar tudo pro xixi sumir.

Vovô vem até a poltrona. Ele tenta pegar minha mão, mas não tiro ela do lugar. O xixi ainda está quente, nem tanto, porque fiquei sentada em cima por um bom tempão. Meus pijamas estão molhados. Não sou mais um bebê e não tenho fraldas, então sou muito, muito malvada, ainda pior. O cachorro preto late dentro de mim. Meu rosto está quente também. Acho que deve ser coisa da fogueira que a minha mamãe e o meu papai fizeram e sentaram lá do lado e não quero que ninguém veja. Olho pra baixo, mas tento não ver o xixi. Ele fede. Vovô funga.

— O que aconteceu aqui?

Viro meus olhos pro lado e coloco meu braço pra cobrir meu rosto de fogueira. Estou chorando e não consigo parar. Essa é a poltrona especial do vovô e eu fiz xixi nela. Sou uma garota má. Agora ele vai levar a poltrona embora e a gente não vai mais ver ele também.

Sinto o vovô puxar meu braço. Ele tira o meu braço da frente do rosto. Não quero olhar, mas não preciso, porque ele coloca minha cabeça no ombro e puxa meu corpo pra perto de si mesmo com meu cheiro de xixi. Vovô me abraça. Ele não fala sobre nada e nem sobre a poltrona. Só me abraça. Isso faz o cachorro preto ir deitar, colocando o nariz na cauda. Assim é melhor. Agora está tudo calmo.

— Vamos lá te limpar.

Vovô prepara o banho e confere a água. Ele me pede pra colocar um pé lá dentro e dizer se está boa ou não. Não tem bolhas na banheira, mas tudo bem. Ele tira meu pijama fedido e diz pra não me preocupar sobre a poltrona. Entro no banho e a água está boa. Ele me ajuda a deitar e coloca a mão debaixo da minha cabeça. Estou boiando e me sinto muito feliz. É assim que eu e a mamãe fazemos todas as vezes. Então, o vovô começa a cantarolar e é a minha canção junto com a mamãe. Deixo um sorriso bem grande aparecer no meu rosto, tão grande que quase faz minhas bochechas baterem nos lados da banheira.

— Conhece essa música? — pergunta vovô na pausa da música.

Eu faço que sim com a cabeça.

— Ah, essa é a música de boiar dela. Fizemos isso tantas vezes...

E então continua a cantarolar, até que canta algumas das palavras e soa diferente porque a voz dele é rouca e treme um pouco. Fecho meus olhos e consigo ouvir a voz de mamãe mais alta por cima, e ela canta com a gente como um eco na banheira. Eu boio, e meu cabelo se espalha na água como mágica.

— Ah, eu aqui sentindo pena de mim mesmo por tudo o que perdi — diz vovô. — E veja só tudo o que ganhei.

33.

É NOITE de novo. Não sei agora se é sonho ou sono ou a hora que o dia vem. A coberta me envolve até embaixo do meu queixo e lá fora a árvore está acenando pra lua. As luzes estão acesas do outro lado da porta. Não consigo ouvir ninguém lá embaixo. Escuto um som grave que nem a voz de vovô, e agora sumiu, então acho que ele já se foi. Não consigo ouvir a voz da Rose, mesmo que ela diga que segue o sol até a nossa casa, e o sol se foi também. Todos eles se foram e agora só tem eu e o Grude. Um estranho bonzinho pode vir até a nossa casa com mais queijo quente numa tigela ou bolo de novo. Fungo o ar e não sinto cheiro de bolo. Me sento na cama e não escuto som nenhum.

— Mamãe?

Minha voz sai pelo meu rosto e volta pros meus ouvidos. Posso ouvir ela bem alto e parece mais como a voz de uma moça crescida. Talvez eu seja uma agora, já que tenho uma Barbie. Minha voz saiu da minha cabeça pela primeira vez em um bom tempo.

— Mamãe? — chamo em voz alta. — Papai?

E nada. Ninguém vem até mim. Estou sozinha.

Saio da cama e não está tão frio. Continuo de pijama porque é noite. Ando pelo carpete e os pelinhos fazem cócegas no meu pé. Vejo a luz do banheiro ligada. A porta do Grude está aberta e fica mais perto da escada. Tem um caminhão na porta. Empurro a porta um pouco e olho pra dentro e sempre tem um bumbum do Grude virado pro ar, mas agora não tem bumbum nenhum. O Grude não está aqui e eu me sinto sozinha que nem nas árvores. Ou talvez o Grude esteja de pé. Biscoitos! Ele tem muitas desculpas pra isso porque eu soquei ele no olho e agora está ganhando agradinhos. Desço as escadas bem rápido piso piso piso e está tudo escuro quando chego nas escadas, então paro. Meus olhos não enxergam. Mamãe diz pra esperar e é o que eu faço. Meus olhos começam a ver mais, porque precisam de uns minutos pra aprender a ver quando está escuro lá fora.

Vejo que tem alguma coisa preta na sala e acho que é o cachorro preto sentado do lado da janela esperando pra gente ter uma conversa, mas aperto bem os olhos e percebo que é só a poltrona do vovô. Ela voou pra cá e vai ficar por aqui. E vovô. Ele está deitado na poltrona com a boca aberta e os pés no banquinho. Papai fica bravo quando fico acordada de noite, então talvez vovô também fique. Ando bem de leve nas escadas e não faço o barulho de rangido. Nossa casa é velha. Está escuro e tudo tem cheiro de cachimbo e está diferente agora. Estou acordada.

Rastejo nos meus pés pra longe do vovô e da poltrona dele, e não quero que ela voe pra cima de mim então sssh, silêncio. Meus pés descalços fazem pé-pé-pé pra cozinha. O chão está gelado e meus dedos ficam se encurvando pra continuar quentes por causa dos azulejos. Olho no balcão e tem um pote de metal onde a Rose coloca os biscoitos e ele está destampado! Tem um biscoito largado no balcão como se estivesse perdido, sem ninguém pra comer.

Dou uma mordida e confiro pra ver se não tem nenhum adulto olhando. Vejo farelo por toda parte e penso que o bumbum do Grude não está pra cima na cama porque ele está ocupado aqui embaixo roubando biscoitos.

O Grude não está perto dos biscoitos. Ele foi embora porque eu dei um soco nele. Mamãe disse que não foi minha culpa lá no chalé quando o Grude sumiu, só que eu sei que dessa vez foi, sim. Fico com vontade de chorar e quero ver o meu irmão e dar uma apertada na barriguinha dele. O Grude vai embora porque toda a minha família foi. Ele não deve ter corrido, porque as pernas dele são curtas e gorduchas. Ele não corre, mas se balança. Acena os braços bastante e pensa que está correndo. E quando falo pra ele que está só andando e agitando muito os braços ele diz que não, que está correndo bem, bem rápido, mesmo eu sabendo que não é bem assim. Ele se foi porque eu sou muito, muito malvada. Eu sou a vilã.

Sinto minha perna começando a tremer e tremer, mas sei que o Snoopy é meu único amigo no mundo além da Gwen. Ela não fala, mesmo que eu finja que consigo ouvir. Fico escutando e meu pé está gelado e talvez eu esteja ouvindo o Snoopy no quintal. Quero contar pra ele a novidade de que o Grude foi embora porque sou má. Quero dar um oi e me aconchegar nele. O Snoopy sempre balança o rabo e me beija no lábio.

Vou descalça até a porta dos fundos da cozinha e olho pelo vidro pra ver se o Snoopy está lá fora. Quando estou do lado de dentro e tenho que olhar lá fora, preciso espremer os olhos no vidro e cobrir eles com as mãos como se fossem copos, um de cada lado. Está escuro e meus olhos têm que tentar bastante pra conseguir enxergar. Vejo o portão e a árvore, mas nada do Snoopy. Procuro na cerca e aperto o olho, mas não dá pra ver ele pelas aberturas, nem mesmo o nariz que às vezes ele espreme ali pra fungar. As casas atrás da nossa são grandes, com luzes enormes nas janelas. E lá os vizinhos falam baixo pra não me acordar porque pensam que estou dormindo ainda, bem como mamãe e papai fizeram quando eu estava na barraca e botei a cabeça pra fora. Eu lembro como o cabelo de mamãe estava pendurado que nem uma cauda. Fecho meus olhos e me sinto como se estivesse na barraca azul ouvindo o ar entrar e sair do nariz do meu irmão. Fico escutando o ar.

Aperto ainda mais os olhos e ainda ouço o ar entrando e saindo. Parece a respiração do Grude. O ar fica nos meus ouvidos então olho pra baixo. Tem uma cabecinha vermelha metida na porta. Quase piso numa perna de novo, que eu não vi por causa do escuro. Coloco minha cabeça mais pra perto e é o Grude. Ele está encolhido em uma bola e dormindo perto da porta, no capacho. Dou um cutucão na barriga dele com meu dedão. Ele continua dormindo com a respiração entrando e saindo e consigo ver que tem um pedaço de lasca de chocolate de biscoito no canto da boca. É meio engraçado ele se esgueirar aqui pra baixo pra comer biscoito. Penso que deve fazer isso toda hora agora e que ele não é mais tão burro quanto costumava ser. Tenho que dar um cutucão bem forte que não é bem um chute, mas ainda assim é feito com meu pé. O Grude pisca e as bolas que são os olhos dele aumentam em toda a cabeça. Ele olha pra cima.

— Nana?
— Grude?
— Nana.
— O que você tá fazendo?

Os olhos dele piscam e piscam.

— Você tá fugindo, Grude?

Ele balança a cabeça.

— Eu sei que você tá roubando biscoitos.

Ele parece estar pensando que está perdido, mas é só o sono, mesmo ele não sabendo palavras pra dizer tudo isso. Consigo ver o olho dele onde eu soquei e agora está parecendo aquela parte mais escura no meio da rosquinha que tem geleia. Eca. E lembro que fui eu que fiz isso. Me sinto muito mal por ter dado o soco mesmo amando meu irmão.

Me sento do lado do Grude no capacho da cozinha e está um pouco mais quente do que o chão. Dou um beijo na bochecha dele e ela está esponjosa e macia, talvez a coisa mais parecida com uma nuvem que eu conheço.

— Desculpa ter te socado, Grude.

— Tá bom. — Ele funga.

— Você abriu a porta do quarto sozinho e saiu? — pergunto.

Ele faz que sim com a cabeça e parece orgulhoso porque foi isso que eu ensinei. Significa que ele está grandinho. Falo que vovô pode ficar bravo se ele não estiver na cama. Grude mau. O Grude só parece triste.

— Tem biscoitos?

Ele sorri e coloca a mãozinha gorda em cima da boca pra cobrir. Um dedo toca o chocolate que ficou manchado no rosto e ele pega e bota na boca.

— Umm.

— É hora de ir pra cama, Grude.

Ele faz que não com a cabeça.

— Já tá de noite.

— Cama não.

— Por que não?

Ele olha em volta e acho que vai dizer biscoito. Não diz nada, só aponta pra porta. Falo grudês mesmo sem ele dizer em voz alta. Eu sei o que é. Ele está esperando.

— Papai — digo.

Olho pra porta também. Está fechada. Quando está aberta, tem um quintal e minha árvore e o portão de onde vem papai. Ele não chegou em casa do trabalho. A porta continua fechada e então o Grude veio ver se papai chegou e acabou dormindo.

— É hora de dormir — sussurro.

O Grude ainda faz que não com a cabeça. Ele quer esperar. Digo shh pra gente não acordar vovô. Não quero ele bravo de novo, mas não vou deixar o Grude sozinho. Me aconchego do lado do corpinho dele. Está quente e chego perto. Ficamos sentados do lado da porta dos fundos e ela não abre. Posso ouvir a respiração do Grude. Ele sempre dorme antes de mim, e fico ouvindo o ar no seu nariz. Dá pra escutar as vozes dos meus pais, como lá na fogueira, mas elas estão só na minha cabeça. Estou acordada. Sei que vou esperar pelos meus pais ao lado do Grude. E sei que vou ficar esperando por um tempão, talvez pra sempre.

Epílogo

Parque Algonquin, 2011

Posso ouvir a respiração do meu irmão. Dou um passo para fora da canoa e volto os olhos na direção da ilha. Sob o sol inclinado de agosto, o lugar está exatamente como me lembro: um tapete de agulhas sobre o chão, o aroma morno de pinheiros, o som do lago roçando nas rochas. Há trechos de relva amassada nos pontos onde tendas foram montadas. Dentro de um círculo de pedras, uma fogueira apagada revela os restos de marshmallow queimado. Espero vê-los aqui, aguardando.

— Alex?

Isso tudo foi ideia dele. Algum tempo depois do velório do vovô, Alex disse querer construir um marco para nossos pais na ilha em que morreram. Deve ser mais fácil para ele, que não tem memória alguma de nossos dias perdidos no Parque Algonquin além do que descobriu depois ou do que lhe foi contado. Ainda assim, eu não poderia deixar que viesse sozinho.

— Sim, Anna?

— Pare de roubar o ar todo.

Alex estende a mão, grande, com as veias saltadas; do tamanho das do meu pai. Ele tem o cabelo cortado rente e salpicado de branco, como costumava ser o da nossa mãe, resultado de um verão gasto praticando alpinismo. Cílios louros, olhos azuis; ele pega um graveto e me sinto grata por estarmos aqui juntos. Quero tê-lo por perto. Tive o mesmo pesadelo sobre essa ilha desde que consigo me lembrar. Começa quase ao fim do ataque; estou caída nas plantas, no lugar onde minha mãe deve ter morrido. O urso se ergue sobre mim, com crueldade nos olhos. Sei que me quer morta. Tento me mover, mas não consigo. Ele inclina a cabeça para meu peito, e mandíbulas rasgam minha pele, racham meus ossos, até que ele arranca minhas entranhas do corpo. Abocanha minha cabeça e mastiga. O sangue se esvai de minhas veias. Em pouco tempo, o mundo cai em escuridão. Não estou com medo de morrer; o que me assusta de fato é que não estarei lá para ele. Para Alex.

Meu irmão puxa a canoa e andamos até a clareira onde nossa barraca estava montada.

— Foi aqui que você viu mamãe pela última vez? — pergunta ele.

— Não, não aqui — digo, olhando para longe. — Não tenho certeza.

— Não se lembra?

Meus pais estavam conversando. Coloco minha cabeça para fora da barraca e ouço mamãe rindo. Seu rabo de cavalo pende em uma silhueta contra a água. Dentes brancos. Pele bronzeada. Alex estava enrolado em seu saco de dormir, uma coisinha quente com cabelo loiro e fofo e covinhas no rosto. Estávamos em quatro. Uma família de quatro.

— Não... Eu sei — digo.

— Onde eu estava?

— Ao meu lado, dormindo na barraca.

— Você se lembra disso?

— Sim. Você estava roncando.

— Eu roncava?

— Certas coisas não mudam.

— E o que a mamãe disse?

— Já te contei essa parte um milhão de vezes.

— Conte de novo.

— Ela estava caída com os braços e as pernas estendidos como um anjo. A pele dela estava branca como a lua, como se ela a tivesse engolido toda. Mamãe disse que era para eu levar você na canoa.

— Estava machucada?

— Ela disse que nos amava.

Viro-me para longe de Alex, na direção da praia. O lago respira sobre seu leito de rochas. Olho para longe, onde o céu se ergue sobre as árvores no continente. Algo na encosta oposta atrai meu olhar. É um morro de gramas e gravetos, com cerca de cem metros de um lado a outro. Um antigo dique de castores onde provavelmente nossa canoa foi parar assim que chegamos ali.

— Você se lembra de quando fomos encontrados pelo guarda?

— Sim.

— Foi por ali. — Aponto. — No continente.

— Sério?

— Sim.

— Certeza?

— É o dique de castores. Fomos encontrados perto do dique.

— Não estou vendo.

— A parte coberta de vegetação? Tenho certeza de que é ali.

— Sempre achei que tivesse sido bem, bem longe. Bem ali, só?

— Bem ali.

Alex analisa o morro.

— Explica algumas coisas — diz ele.

— Como o quê?

— Sempre me perguntei: por que eles e não a gente? Éramos criancinhas e teríamos sido as presas mais fáceis.

— Nunca vamos saber exatamente o porquê.

— É isso que quero dizer. "Por que" é perder o sentido da coisa. O urso poderia ter só nadado pelo lago e pegado a gente, mas não fez isso.

— Ele nos poupou.

— Não. — Alex inclina a cabeça e sussurra: — Ele estava saciado.

Alex quebra o longo silêncio ao chapinhar na água rasa e pegar uma pedra. Ele a analisa, joga para longe e pega outra. Fica com esta, e percebo que está construindo o marco. Coloca a próxima pedra entre o braço e o corpo. Logo está com pedras demais para carregar.

— Vem me ajudar. — Ele me passa um punhado. — Onde devemos construí-lo?

Olho na direção das plantas verdes. Ela pode até mesmo sussurrar meu nome.

— Ali? — Alex está me fitando. — Foi onde ela morreu?

— Sim. — Mal consigo dizê-lo.

— O que mais você não me contou?

Empilho as pedras. Ele me passa um pedaço de granito. Rolo-o na mão e procuro por um lado plano e liso, para ter certeza de que a pirâmide se manterá firme. Faço primeiro uma base, então começo a empilhar pedras para ganhar altura. Uma das pedras tem uma coloração rosada, como um rosto encabulado. Outra é esbranquiçada como um dente. Trabalhamos em silêncio. Em pouco tempo, temos um pequeno marco de granito e quartzo. Deve ter apenas uns trinta centímetros de altura, mas se manterá firme durante todo o inverno. Passo uma pedra menor, do tamanho de um ovo, para Alex. Está salpicada de prateado. Ele a coloca na palma e a segura com força. Abre os dedos e a deixa pegar sol; então, coloca-a no topo.

Quero contar tudo aos meus pais, a começar do dia em que acordei no hospital até o momento, hoje, em que atracamos na ilha com a canoa. Quero contar sobre minha recente decepção amorosa, a cicatriz em meu joelho, sobre como ensinei Alex a andar de bicicleta. Quero lhes contar os meus pesadelos, mas não falo nada. Apenas envolvo minhas canelas com os braços e volto os olhos para baixo. Minhas cavidades oculares se encaixam perfeitamente nos joelhos.

É Alex quem fala:

— Mãe? Pai? Amo vocês.

Fico em silêncio.

Finalmente, Alex se levanta.

— Devíamos ir andando.

Ouço-o raspar a canoa contra as pedrinhas e a empurrar para o lago. Ele tem razão. É hora de partir. A tarde vai avançando, e não trouxemos equipamento para acampar. Alex dorme na selva o tempo todo, mas eu, nunca. Pego meu remo e sigo andando. Em determinado momento, a água encontra a malha em meu sapato de corrida e se infiltra. Alex está na ponta de trás da canoa.

— Vá na frente — digo.

— Vou te levar pra casa remando.

— De jeito nenhum. Sou a irmã mais velha. Eu conduzo.

— É a minha vez.

— Que nada!

— Beleza. Até mais. — Ele usa a ponta do remo para empurrar a canoa para longe da margem. Uma remada de um braço longo, e o barco está se movendo velozmente, trazendo algo à tona em minhas entranhas. Ele está partindo. Estou sozinha.

Sinto o calor do sol, o balançar dos ramos dos pinheiros, as agulhas se quebrando sob os pés, a ilha se mexendo para fazer a água oscilar. Posso sentir o cheiro do urso.

— Você está bem? — pergunta Alex, voltando, a brincadeira encerrada. Ele sai, puxa a canoa e coloca uma mão no meu braço para me manter de pé. — Você não está bem, está?

— Acho que preciso de um momento.

— É minha culpa você ter vindo.

— Só espere um pouco, tá?

— Tá. — Ele acena com a cabeça. — O que vai fazer?

Não respondo, porque não sei. Ele relutantemente volta para a canoa. Mergulha o remo longo e oscila o outro para manter o barco no lugar.

Caminho até o marco e localizo as plantas onde vi minha mãe pela última vez. É aqui que todos os meus pesadelos acontecem. Deito-me e coloco um pé no canto das plantas, bem como estava o pé dela. É como se estivesse deitada em seu contorno. Fico perfeitamente imóvel. Vejo os ramos de uma árvore oscilando suavemente à brisa. O céu é de um azul profundo, com apenas um tufo de nuvens viajando preguiçosamente para o sul. Fecho os olhos e consigo ouvir o leve sussurro dos ramos, a água invadindo as margens da ilha. Um animalzinho corre ao longe. O sol da tarde me aquece. Então, silêncio.

O urso se ergue sobre mim. Não há expressão em seus olhos além de um vago interesse por comida. Ele puxa meu peito e levanta sua cabeça com meu coração na boca. Sinto o ritmo das batidas diminuindo. O sangue se esvai de minhas veias, mas o urso apenas passa meu coração de um lado a outro em sua língua, com uma expressão entediada no rosto. Cospe, então, e o coração cai de volta em meu peito. E sei que é apenas um sonho que inventei. Lembro-me de tudo como foi: o odor do urso de dentro do frigorífico, as garras raspando contra as laterais metálicas; o pé decepado de papai com o sapato ainda calçado, as finas veias avermelhadas nos olhos injetados de mamãe. Rosnados de memória sobem pelo meu peito, e os sinto como se pudessem me devorar; mas, então, ouço apenas um baque seco.

Meus olhos se abrem de supetão, e eu os giro a fim de olhar para o lado. Estou acordada. Vejo Alex na canoa. O cabo do seu remo bate contra o alumínio, alto o bastante para soar como um tambor. Com a cabeça virada na outra direção, ele mergulha o remo na água e guia a canoa em um movimento preguiçoso. Deitada nas plantas, posso vê-lo. E é então que percebo que mamãe pôde nos ver. Se ainda estava consciente enquanto jazia deitada aqui, se seus olhos ainda estivessem abertos, teria me visto atraindo Alex para a canoa. Teria ouvido o tinido de quando joguei a lata de biscoitos no barco. Teria captado um vislumbre do corpinho do Grude se agitando para entrar na canoa. Talvez tenha visto que entrei na canoa atrás dele e comecei a remar com as mãos. Talvez tenha visto que conseguimos escapar.

Agradecimentos

Eu gostaria de mandar um sincero obrigado à minha editora, Sarah Murphy. E também a Reagan Arthur, Amanda Lang, Karen Landry, Allison Warner, Kristin Cochrane, Nita Pronovost, Nicola Makoway, Liz Foley, Michal Shavit e Denise Bukowski por trazer este livro à vida. E a meus familiares e amigos Wendy Cameron, Susannah Cameron, Amy Fisher, Jim e Mary Fisher, Dany Chiasson, Sarah Wright, Olivia e Max Wright Sinclair, Jim Bull, Emily Sewell e Erin Mulligan.

Impresso no Brasil pelo
Sistema Cameron da Divisão Gráfica da
DISTRIBUIDORA RECORD DE SERVIÇOS DE IMPRENSA S.A.
Rua Argentina, 171 – Rio de Janeiro, RJ – 20921-380 – Tel.: (21)2585-2000